HUGUES REBELL

Trois Artistes

Étrangers

TRICON ÉDITEUR

90, RUE DE RENNES

PARIS

HUGUES REBELL

Trois Artistes

Étrangers

TRICON ÉDITEUR
90, RUE DE RENNES
PARIS

TIRAGE

CET OUVRAGE A ÉTÉ TIRÉ A CINQ CENTS EXEMPLAIRES
TOUS NUMÉROTÉS.

Vingt exemplaires sur *Japon* numérotés de . . . . . .   1 à 20
Quarante exemplaires sur *Hollande* numérotés de . . 21 à 40
Quatre cent quarante exemplaires sur *Vélin* numé-
rotés de . . . . 41 à 440

EXEMPLAIRE Nº 274

Trois Artistes Étrangers

Mais, Mesire le Serpent sous
lequel se s'était emprunter le grand
Satanas est personne, se voyant mussé
sous le haut des cuisses de la Femme,
sous le dessoubs des feuilles de l'arbre
du Bien et du Mal, et là de la pointe
de sa langue fourchue, la toucha en son
pubis. Lors, toute esmue et stomecquée de
ceste diaboliquement caresse, fite, Mais et
estendant le bras, cueillit la pomme

Épitome Historia
Sacrée
Traduction du Père
Lazarches

Félicien Rops

HUGUES REBELL

rois Artistes Étrangers

ROBERT SHÉRARD — SATTLER
FÉLICIEN ROPS

Explicuit viao contractæ seria frontis.

TRICON ÉDITEUR
90, RUE DE RENNES
PARIS

—

MCMI

HUGUES REBELL

Trois Artistes Étrangers

ROBERT SHÉRARD — SATTLER.
FÉLICIEN ROPS

Explicuit vino contractæ seria frontis.

TRICON ÉDITEUR

90, RUE DE RENNES

PARIS

—

MCMI

A

CHARLES MAURRAS

AVANT-PROPOS

L'Italie pendant la Renaissance, l'Espagne au
xviiᵉ siècle, l'Angleterre au xviiiᵉ, ont donné à notre
pays un peu de leur âme et de leur pensée. Elles
avaient reçu jadis; elles se sont acquittées. Faisant
siens tous ces dons, l'intelligence française s'est en-
richie sans rien perdre de son génie. Tel est le résultat de ces échanges entre nations quand elles ont
une saine et forte existence.

Aujourd'hui les pays latins ne reçoivent plus, ne
donnent plus : ils subissent. De Russie, de Pologne,
de Norwège, des idées surgissent contradictoires
et démentes. Elles ne nous apportent point une vie
nouvelle, mais bien plutôt comme d'anciennes maladies : anarchie, révolte, haine des lois naturelles et
sociales; nous nous en croyions débarrassés, et voici
qu'elles nous reviennent d'autant plus dangereuses
qu'elles ont une apparence plus bénigne, que leur
venin est plus secret.

Détournons-nous de ces corruptions. Certains
peuples dont l'intelligence est encore toute neuve
sont comme ces enfants qui croient se rendre intéressants par des turbulences et des singeries
tapageuses. Les extravagances les séduisent, les
folies violentes s'imposent à leur pensée encore in-

décise, les mouvements de la fièvre et de l'hystérie leur paraissent le signe d'une vie ardente et tentent leur jeune vigueur. L'humanitarisme, les idées révolutionnaires surtout les enivrent : ils veulent faire comme les Anglais de 1649, comme les Français de 1793. Ils veulent imiter, mieux que cela! surpasser. Goût d'enfant qui n'est encore rien et qui a besoin, n'importe comment, de se prouver son existence. Mais les peuples dont la culture spirituelle est achevée sont assez fiers d'eux-mêmes pour dédaigner ces imitations puériles, ces jeux périlleux et sots. Ils cherchent à vivre selon leur nature et le mieux possible ; et, s'ils empruntent quelque chose au voisin, c'est par besoin, et non point par manie de lui ressembler. Ils ne songent pas à changer l'univers : subsister, prospérer leur paraît une œuvre assez difficile. Leur égoïsme, leurs vertus d'existence, leur activité particulière, leur force de résistance à la mort, leur sens du plaisir, voilà ce qui les intéresse, ce qu'ils s'appliquent à accroître et à perfectionner. Il nous est profitable de prendre contact avec ces peuples, de les connaître par leurs meilleures pensées, je veux dire par ceux de leurs écrivains et de leurs artistes qui, sans mentir à leurs origines, ont observé ces lois d'ordre et d'harmonie qui s'imposent à toutes les œuvres. Ils nous apprendront à ressaisir et à utiliser nos propres richesses, oubliées ou perdues, à trouver dans le passé des règles et une expérience.

Les trois hommes dont j'esquisse le portrait, ont poussé à l'extrême les qualités ou, si l'on veut, les défauts de leur race. Ce ne sont point de ces molles figures sans caractère et sans âme, qu'ont multipliées les mœurs du cosmopolitisme et de la démocratie. Ils se sont développés d'eux-mêmes et sans subir de servage, car ils ont choisi leurs maîtres. L'instinct et la tradition ont soutenu leur croissance comme ces fortes racines qui permettent aux arbres l'élancée audacieuse des branches. S'ils sont singuliers, ce n'est que par l'énergie et le relief de leurs traits, mais les traits eux-mêmes sont ceux d'un peuple et la vie de leur œuvre ne fait qu'exprimer avec plus d'intensité celle de leur pays. Aussi sont-ils en harmonie avec leur entourage et leur œuvre est-elle bienfaisante. Elle ne donne pas de leçon, elle ne fait pas de prophétie, elle ne propose pas d'idéal pour les songe-creux, elle n'annonce pas les révolutions terrestres ni célestes, elle ne prêche pas une morale universelle. Nourrie par une terre, elle se contente d'en manifester les trésors, elle dit simplement aux hommes : « Voilà l'existence, l'âme et le visage que vous avez ici, voilà votre caractère, voilà vos amours, voilà les grâces aimées de vos femmes. Maintenant, en vous connaissant mieux, aimez-vous davantage. »

Humble et pourtant fier langage, infiniment plus noble que les déclamations prétentieuses et les promesses charlatanesques de ces prétendus grands hommes de tréteaux qui ne paraissent grands qu'au milieu des brouillards et avec cette enflure de voix qu'ils affectionnent.

Puisse notre génie français, si puissant quand il veut, mais qui prête trop l'oreille aujourd'hui aux sottises des barbares, redevenir sage et se résigner à sa tâche qui est d'embellir l'existence sans s'occuper de la transformer, — de rappeler le chant de l'instinct et de la nature lorsque les hommes sont tentés de l'oublier.

Alors aux dédains niais, aux reproches qu'on leur adresse d'être inutiles, nos artistes et nos écrivains auront le droit de répondre : « Moi aussi j'ai part à l'activité humaine, moi aussi je sers la vie! » Mais il faut d'abord qu'ils abandonnent le trépied aux oracles et les temples inaccessibles.

I

Robert-Harborough Sherard

Robert-Harborough Sherard

Il est toujours fâcheux, à notre époque, d'avoir à présenter un nouvel écrivain. On a l'air de remplir un devoir de politesse envers un ami ou de jouer au petit Co-
lomb de la littérature. Certes, si l'on tenait compte de
toutes les louanges que décernent je ne sais [...]
[...]cle ne serait si riche en grands écrivains [...] et ne se
passe point de jour qu'on ne découvre [...] Comme
les dévotes qui ont leur religion, leur [...] leurs
saints particuliers, chaque lettré a ce [...] à
[...]iber, que le voisin ignore absolument.

Cependant il ne faudrait pas croire que ces présenta-
tions fussent toutes inutiles, ni surtout qu'il n'y ait personne à les mériter et à les attendre. Au contraire : ce
que M. Henry Bérenger appelle l'aristocratie intellectuelle pourrait bien être la démocratie ordinaire de
temps, et les écrivains qui ont plus de talent que
d'esprit d'intrigue ont mille et [...] de rester inconnus.
L'œuvre littéraire, qui exige [...], la solitude,
le travail lent et patient, ne [...] rivaliser avec la

Robert-Harborough Sherard

Il est toujours fâcheux, à notre époque, d'avoir à présenter un nouvel écrivain. On a l'air de remplir un devoir de politesse envers un ami ou de jouer au petit Co-
lomb de la littérature. Certes, si l'on tenait compte de
toutes les louanges que décernent les critiques, nul
siècle ne serait si riche en grands écrivains. Il ne se
passe point de jour qu'on ne découvre un génie. Comme
ces dévotes qui ont leur religion, leur confesseur, leurs
saints particuliers, chaque lettré a son grand homme à
exhiber, que le voisin ignore absolument.

Cependant il ne faudrait pas croire que ces présenta-
tions fussent toutes inutiles, ni surtout qu'il n'y ait personne à les mériter et à les attendre. Au contraire : ce
que M. Henry Bérenger appelle l'aristocratie intellectuelle pourrait bien être la démocratie écrivassière de
ce temps, et les écrivains qui ont plus de talent que
d'esprit d'intrigue ont mille chances de rester inconnus.
L'œuvre littéraire, qui exige le recueillement, la solitude,
le travail lent et patient, ne peut plus rivaliser avec la

grande production hâtive et bruyante. d'une époque où
là critique, dans la plupart des journaux, n'est plus que
la réclame. Le public, faute d'une voix qui le guide, s'inquiète des écrivains dont le nom remplit les feuilles et
s'étale sur les murs, — quand plusieurs expériences ne
l'ont pas déjà dégoûté de ces célébrités sans talent et
qu'il préfère encore au café-concert les livres qu'on
achète mais qu'on ne coupe pas.

Il serait pourtant nécessaire qu'un critique autorisé
vînt signaler à ce public les ouvrages dignes de son
attention, ouvrages qu'il lirait si on voulait bien les lui
indiquer. A défaut d'un enseignement plus illustre, je
souhaiterais aujourd'hui que le mien eût quelque influence
sur mes lecteurs. Je propose, en effet, à leur admiration
et à leur curiosité un écrivain anglais d'une originalité
vigoureuse, avec lequel ils ne peuvent se repentir de
faire connaissance. Ignoré, il y a quelque temps, dans
son propre pays, il commence à y être lu et apprécié
comme il le mérite. Robert Sherard est un de ces moralistes attentifs, un de ces logiciens impitoyables dans
l'étude de l'âme humaine qui, avec R.-L. Stevenson,
George Meredith, Thomas Hardy, Rudyard Kipling,
honorent le plus, en Angleterre, la littérature roma-
nesque de ces dernières années.

I

Robert-Harborough Sherard est né à Putney; son enfance s'est écoulée aux environs de Londres, dans ces campagnes aux vastes ombrages qui offrent en été aux promeneurs des retraites fraîches et magnifiques. Cette riante et féconde nature, le voisinage d'Hampton-Court et de Richmond, tout pleins de la mémoire des Stuarts dont ses ancêtres furent jusqu'à la fin de dévoués défenseurs, les souvenirs d'une époque galante et héroïque mêlés aux beautés riches du paysage, c'était bien ce qu'il fallait à l'imagination d'un futur poète épris de la vie fière, libre et audacieuse de jadis.

D'ailleurs, le génie littéraire n'est point neuf dans sa race. Robert Sherard est le petit-fils du poète lauréat William Wordsworth. Sans doute, à Putney, la vie et l'œuvre de son grand-père lui furent souvent proposées en exemple et il eut cette dévotion, commune aux jeunes gens d'âme noble, pour les ancêtres dont ils ont hérité l'esprit. Dans son premier recueil de vers, il devait dédier tout un livre à la mémoire de l'aïeul; et, de fait, dans une partie de son œuvre, on retrouve les tendances

moralisatrices du poète de l'*Excursion*. Wordsworth
cependant, s'il eût connu son petit-fils, ne l'eût probablement pas encouragé à le suivre dans la carrière des
lettres : au contraire de Victor Hugo, qui trouvait du
talent au cocher Moore, il gardait son art jalousement
et en éloignait ceux qui lui semblaient des profanes,
c'est-à-dire tout le monde. — A ce sujet, madame Sherard, la fille du poète, a conté la délicieuse naïveté qu'elle
commit, alors qu'elle n'était qu'une enfant de sept ou
huit ans.

Wordsworth, en sa qualité de poète lauréat, recevait
beaucoup de vers que des jeunes gens, avides de conseils et de louanges, le priaient d'examiner. Il se con-
tentait de ranger, sans les lire, dans une pièce spéciale
tous ces manuscrits; puis, quand l'auteur venait réclamer son œuvre, on la lui rendait en déclarant qu'il devait avoir toutes sortes d'aptitudes, mais qu'il serait
toujours incapable d'écrire un bon vers. Or, un jour, il
arriva qu'un poème se perdit; on ne le retrouva point
parmi les autres quand son propriétaire le demanda. La
colère du jeune auteur fut très violente, d'autant plus
que Wordsworth, n'ayant pas lu un mot de ses vers, ne
sut pas trouver de compliments pour le consoler. Ce
petit incident bouleversa le poète. Miss Anna Wordsworth, voyant l'air attristé de son père, entreprit de lui
rendre sa bonne humeur. Elle pénètre en secret dans la
chambre où l'on dépose les manuscrits, en prend un au
hasard, — le plus gros, sans doute, — et le fait remettre
au jeune poète avec trois shillings de ses économies et

ce court billet : « J'espère, Monsieur, que vous serez content et que vous ne tourmenterez plus mon papa ! »

Après le collège, Robert Sherard alla étudier à Oxford et, comme nous l'apprenons dans ce roman : *un Honneur troqué*, où il a fait son portrait, il passait alors une partie de ses journées à lire et à écrire des poèmes, sans négliger ces exercices violents pour lesquels les jeunes Anglais professent un si vif enthousiasme.

A ce moment, le père de Robert Sherard vit qu'il allait être ruiné. — Par suite de l'abandon du système protectionniste, l'agriculture d'Angleterre, comme celle de France, subissait une crise. L'abondance et le bon marché des blés américains avaient mis à vil prix les blés nationaux ; les paysans, dégoûtés d'un sol qui, même productif, ne leur donnait pas l'aisance, quittaient la terre, s'en allaient dans les villes ou émigraient. Les propriétaires fonciers furent bientôt réduits à une gêne extrême, car il fallait ou perdre leurs fermiers, ou, s'ils voulaient les garder, leur laisser leurs redevances. Les nobles surtout, qui, tenant à conserver des biens familiaux, refusèrent d'aliéner la moindre partie de leur patrimoine, furent contraints pour vivre de s'endetter ; ils s'engagèrent d'autant plus dans les emprunts qu'ils ne pouvaient renoncer à leurs habitudes luxueuses. Multipliant de jour en jour des contrats qu'ils n'étaient pas en mesure d'observer, ils attendirent pour quitter leur château que leurs créanciers l'eussent fait vendre.

Le jeune Sherard, qui savait l'état des affaires familiales, comprit qu'il ne devait plus rester à Oxford, où la vie entre étudiants riches est fort coûteuse. Mais avant de commencer à gagner son pain, il voulut, comme on se grise pour affronter le danger, avoir, lui aussi, son heure de jouissance; et avec les cinquante ou soixante livres sterling qui formaient toute sa fortune, il partit pour cette Italie qui enchantait sa jeune imagination.

Ce fut à Naples qu'il aborda. On se doute, en lisant certains poèmes du volume intitulé *Whispers,* — *Chuchotements,* — que les premières semaines de son établissement furent une longue féerie dont de libres amours remplissaient les actes ou les intermèdes. Qu'on imagine un jeune Anglais quittant la vie régulière d'Oxford, toute de rêveries sentimentales, d'études philologiques et d'exercices du corps, pour mener l'existence sensuelle, étourdissante de l'Italie méridionale, dans un pays admirable et parmi les plus grands souvenirs de la poésie antique : il fut transporté. Il se livra d'autant plus aux séductions du moment qu'il ne pouvait songer à l'avenir sans quelque appréhension. Aussi la joie qu'il exprime a-t-elle quelque chose d'ivre et de fébrile. Dans ces poèmes à l'allure bondissante, il semble que l'auteur ait voulu s'étourdir. Entre différentes pièces d'une grâce voluptueuse, je citerai cet hymne d'amour où le poète associe toute la nature au triomphe de son amie :

Le soleil s'annonce sur les Apennins,
— Gilda, pour toi ; —
Des chants s'élèvent des vignes de poupre,
— Gilda, pour toi ; —

Au loin une bague d'écume enserre la plage,
— Gilda pour toi ; —
Et toute la mer est en gaieté pour toi,
— Gilda pour toi ! —

Quand le soleil a fini sa course,
— Gilda, pour toi, —
Et que vers son nid s'est enfuie la gent à la douce voix,
Fatiguée de lumière et de soleil et d'amour et de chansons.
— Gilda, pour toi, —
Le paysan courbé sur la route poudreuse,
Lève son éclatant bonnet et remue les lèvres pour prier
Marie mère. Alors de nouveau je dis,
— Gilda, pour toi, —
Oui, tout, mon Amour, pour toi,
— Gilda, pour toi, —
Tout, tout, ma vie, pour toi,
— Gilda, pour toi ! —

Cependant le petit trésor de l'étudiant fut vite dissipé.
Le père, déjà aigri par une ruine qu'il sentait inévi-
table, n'avait pas pardonné à son fils son brusque départ d'Oxford. Bientôt Robert Sherard se trouva sans
ressources dans une ville où il n'avait pas d'autres amis
que des compagnons de plaisir, d'un commerce plus
dangereux que bienfaisant. Il prit alors bravement son
parti. Il loua un bateau, imaginant pour gagner sa vie
de passer les nombreux touristes qui veulent visiter le
port ou faire une promenade en mer. La honte qu'atta-
chent certaines gens à une profession manuelle est un
des ridicules de notre démocratie. Quelque rude et ennuyeux qu'il soit de changer de condition, si l'on ne

voyait à le faire aucun déshonneur, on aurait à sa disposition beaucoup plus d'expédients pour se sauver de
la misère et même, au besoin, pour rétablir sa fortune.

Robert Sherard n'était pourtant pas fait pour le métier qu'il avait dû choisir. En fier Anglais qu'il était
resté, il n'avait pu apprendre les paroles mielleuses et
la mimique de Polichinelle des bateliers napolitains ; et
comme les voyageurs se confient toujours à ceux qui les
entraînent ou les font rire, ce jeune homme dédaigneux
et triste n'obtenait pas leurs faveurs. Du matin au soir
sur le port, il avait de la peine à gagner trois ou quatre
lire dans sa journée.

Pour comble d'infortune, il tomba malade et fut
obligé de passer plusieurs mois à l'hôpital. On devine
quelle inquiétude l'agitait et compromettait sa gué-
rison ; il craignait même de ne plus avoir, à sa sortie
de l'hospice, l'énergie nécessaire pour reprendre son
dur gagne-pain. Mais alors un secours inespéré lui
arriva. Un de ses oncles, qui visitait Naples, apprit dans
quelle misère il se trouvait, alla le voir à l'hôpital, lui
remit une somme d'argent et promit, puisque son père
l'avait abandonné, de lui faire une petite pension pour
lui permettre de continuer ses études.

Ce ne fut pas sans de vifs regrets que Robert Sherard
quitta l'Italie. Les jours de misère qu'il y avait vécu
s'effaçaient, maintenant qu'on l'avait retiré de l'ennui,
devant les heures de divine jouissance et de sublime
enthousiasme.

A Sorrente, où il s'embarque pour **retourner** en Angleterre, il adresse des adieux

> Aux îles de pourpre dans la mer dorée,
> Aux rieuses filles dégrafées au milieu des vignes,
> Aux ombres douces et profondes qui voilent l'Apennin.

La grande poésie de la nature s'était découverte à
lui et venait d'éveiller son génie.

Il alla étudier l'allemand et le droit à l'Université de
Bonn, resta deux années en Allemagne, puis commença
cette vie errante qui est celle d'un grand nombre d'é-
crivains anglais et dans laquelle, au lieu de se laisser
transformer par la nouveauté des mœurs et des pays,
ils fortifient leur personnalité par la résistance et demeurent les mêmes en changeant tout autour d'eux.

Après son mariage, Robert Sherard s'établit à Paris.
Ici, encore plus qu'à Naples, il eut à combattre pour
l'existence. L'oncle qui lui servait une petite pension
était mort et Sherard n'avait plus pour lui donner du
courage ce ciel de l'Italie qui rend la vie facile et joyeuse
même à la pauvreté. Il passa l'hiver de 1882 avec sa
jeune femme dans une étroite mansarde du quartier de
l'Europe, où il n'y avait pour tous meubles qu'une table
et une chaise. Une mauvaise couverture leur servait de
lit.

Doué d'une admirable énergie, Sherard trouvait dans
son dénûment le courage de travailler; il écrivait son
grand roman : *un Honneur troqué,* et commençait *Rogues.* Ce dernier ouvrage fut porté chez plusieurs édi-

teurs : aucun, d'abord, ne voulut l'accepter. Enfin,
Chatto et Windus, les éditeurs de Swinburne, achetè-
rent deux cents francs un livre qui devait être plusieurs
fois réimprimé.

Robert Sherard n'a pu encore oublier ces moments
douloureux, cette guerre sans trêve, cette recherche
forcée de l'argent, plus pénible encore aux écrivains
qu'aux autres hommes, car ils n'ont pas seulement à
vivre, mais à penser et à exprimer leurs pensées. Toutefois l'artiste, en lui, doit se réjouir des souffrances de
l'homme : s'il ne les eût éprouvées, eût-il compris ces
tragédies qu'il nous rend si émouvantes, cette conquête
et cette défense de l'or qui sont comme les mobiles de
presque toute l'activité humaine et qu'il devait peindre,
comme notre Balzac, d'une main sûre et puissante ?

Son premier ouvrage, *Whispers*, recueil de vers juvé-
niles, ne laisse pas entrevoir ces sombres expériences.
D'ailleurs un premier ouvrage est presque toujours un
effort pour conquérir sa personnalité. Nous étions sous
la dépendance de tous les esprits que nous avions appro-
chés. Avant de montrer une nature distincte, il faut
nous débarrasser de tout ce que l'éducation et les circonstances nous ont apporté d'éléments étrangers et
inassimilables.

Le recueil du jeune poète nous renseigne donc principalement sur les nombreuses et illustres influences qu'il

---

1. London, Remington, 1884. — Ces poèmes ont paru après le roman
A bartered honour, mais furent composés antérieurement.

a subies. On y reconnaît Swinburne, Shelley, et jusqu'à Thomas Moore, dont le poème célèbre : *le Chant de la Chemise* lui inspire une charmante pièce : *le Chant de la Plume*. Mais si *Whispers* est le livre d'un débutant, c'est aussi le carnet d'un voyageur amoureux et d'une âme accessible aux émotions les plus variées. Le poète se montre tour à tour sentimental à Paris, païen et sensuel en Italie avec Gilda et Lola, atteint de mélancolie passionnée en Allemagne, tendre et mystique aux lacs chantés par les poètes anglais.

Deux pièces morales sont tout à fait significatives. Dans l'une intitulée *Self* (Soi-même), le poète nous montre toutes les passions ayant un même but, servant un même roi : le moi.

Les pénitences d'une longue vie ou l'orgueilleux triomphe,
Les clairons de la gloire ou le monceau lumineux de la richesse,
Les lauriers du poète ou le suaire des martyrs,
C'est à ce roi qu'ils vont tous, au Moi !

L'autre pièce a pour titre : *Destin.*

Je n'ai jamais aimé cette croyance lugubre au Destin
Qui nous fait tous des poupées dans la main
De quelque grand faiseur de joujoux, et le monde, son comptoir
Où se règlent nos plus petites actions ;
L'homme qui pense ainsi devient vite un esclave.
Alors, à quoi bon écouter notre cœur,
Et pourquoi les honneurs dont on récompense les braves,
Si les plus beaux héros n'ont fait que jouer un rôle imposé ?
L'ambition, magnifique encore que coupable,
Est fanée dans le bouton ; une cause misérable
Enlève à toute action sa noblesse ; une maladie flétrissante

Accompagne chacun de nos efforts vers la liberté.
Pour moi, je souhaiterais de commettre un crime
Plutôt que d'être ainsi enchaîné au Destin.

Ces vers annoncent déjà les études morales de Sherard où éclate ce génie de la race sans lequel il n'y a
point de vrai talent littéraire [1]. Une langue est un édifice
vaste et magnifique, mais où ne trouvent point de place
les conceptions des peuples étrangers. J'ai peu de confiance en ces écrivains dont l'âme, semblable à une mo-
saïque, est formée des diverses façons de sentir de
toutes les nations. Pour bien écrire le français, par
exemple, il faut d'abord bien penser en français. Ce qui
me plaît en Sherard, c'est qu'il est franchement anglais.
Les deux pièces que nous venons de citer nous donnent
les principes directeurs de l'humanité qu'il rêve avec ses
concitoyens : Égoïsme, Responsabilité. Sur ces deux
solides assises les Anglais ont élevé leurs plus grandes
œuvres artistiques et toutes leurs constructions morales.

1. Robert Sherard a publié un volume sur M. Zola, un autre volume
sur Alphonse Daudet, une traduction des souvenirs de Méneval, accompagnée de curieuses notes historiques. Il a écrit aussi une pièce intitulée l'*Aveugle*. Nous laissons de côté, malgré leur valeur, l'historien, le
critique, le journaliste, pour nous occuper seulement du romancier et
du moraliste.

II

Il y a chez tout Anglais un individualisme fier, une conscience de sa force, une volonté de puissance et de domination. Cette race normande, qui a donné à la langue anglaise tout son vocabulaire abstrait, a aussi imposé au peuple saxon ses instincts d'audace et de conquête. Lorsqu'on voit Londres, l'activité immense de la Cité, puis, tout à côté du travail fiévreux de l'industrie, ces bibliothèques, ces parcs admirables, retraite pour le rêve et la pensée, on sent bien qu'on se trouve au milieu de vainqueurs que nulle victoire ne rassasie. De l'aristocratie aux derniers rangs du peuple, la fierté reste le trait caractéristique de l'Anglais. Je me rappelle le mot d'un modeste libraire de Swansea, à qui je réclamais un livre égaré par la poste : « Croyez bien, Monsieur, me répondit-il, qu'on vous rendra ce livre. Il ne sera pas dit qu'on aura lésé un citoyen du Monde! » *A citizen of the world!* Quelque emphatique que soit l'expression, il n'en est point d'autre qu'un Anglais juge mieux lui convenir, enivré, comme il l'est, de

la dignité humaine [1]. Un tel orgueil viril n'existe point
sans des instincts puissants. Il n'y a, pour s'en convaincre, qu'à regarder ces hommes solides et vigoureux, ces femmes grandes, élancées, aux larges hanches, qui ont l'allure aisée, joyeuse et hautaine des êtres
bien nourris et sains.

L'effort continuel que leur commandèrent l'instinct
vital et l'orgueil, tant de luttes pour se former en nation
et conquérir les richesses des voisins, conservèrent aux
Anglais, en même temps que l'énergie, la rudesse des
peuples jeunes. Aussi bien on ne retrouverait point
chez un autre, derrière une civilisation aussi raffinée,
une si complète barbarie. C'est là le secret de son empire. A la ruse, aux convoitises du civilisé, se joignent
chez l'Anglais, pour assurer son triomphe, le mépris
des scrupules, l'énergie et le pouvoir de résistance ordinaires à l'homme primitif. « Un homme contre une
société », telle pourrait être l'épigraphe d'une vie de
Byron. *L'Individu contre l'État,* tel est le titre du livre
d'Herbert Spencer. Chez le poète, chez le philosophe,
l'attitude est la même.

Dans les œuvres de Robert Sherard cette affirmation
de la personnalité est plus visible encore. Il y a toujours
chez lui une revendication, non point sociale, mais individuelle, revendication active et triomphante. « L'a-

1. Un journaliste anglais, visitant des prisons, entendit un des geôliers
se vanter d'avoir bien sanglé (properly thrashed) une malheureuse femme
condamnée au fouet : « Vous me faites souffrir, lui dit-il, dans mon
amour-propre qui est solidaire de celui des autres hommes. »

mour est peu de chose dans la vie d'un homme », disait-il un jour. Le développement de l'être, la conquête
de la puissance, voilà ce qui remplace, dans ses romans
et nouvelles, l'intrigue ordinaire d'amour. Aussi bien
l'amour ordinaire n'est souvent qu'une forme de la
volonté, l'affirmation sexuelle de l'homme qui subjugue
la femme et se perpétue par l'enfant.

Le premier roman de Robert Sherard : *un Honneur
troqué* [1], est l'histoire d'un bâtard, fils d'un grand seigneur anglais, lord Hauberk, et qui oppose une téna-
cité fière et batailleuse d'aristocrate à la plus triste
fortune. C'est un roman de caractère, d'un intérêt d'autant plus grand que l'auteur y a mis beaucoup de
lui-même et de ses aventures. Rien n'est plus curieux
que ces premiers livres quand l'auteur est sincère et
ose s'y représenter simplement ; les voiles mêmes dont
il enveloppe les fictions qu'il mêle à la vérité, en nous
indiquant ses préférences d'art et son idéal esthétique,
servent encore à nous le révéler.

Ce roman dont l'action se passe en Angleterre, puis
à Leipzig et en Italie, nous montre, dans les milieux les
plus différents, le développement et la persistance d'un
orgueil invulnérable.

Charles Hauberk prie un ami de sa famille de lui parler de son père.

« — Le connaissiez-vous bien ? lui demanda-t-il.

» — Oui, très bien, j'étais son ami, et c'est un titre

---

1. *A bartered honour*, novel in three volumes. London, Remington, 1883.

dont peu de gens peuvent se vanter, car lord Hauberk
était aussi orgueilleux qu'il était noble.

» — Orgueilleux! dit Charles, je suis heureux d'apprendre qu'il était orgueilleux. Il était très grand, n'est-
ce pas?

» — Oui, répondit le barrister [1], très grand. Il y en a
peu, s'il y en a encore de son espèce, aujourd'hui. C'é-
tait un véritable vieux noble tory, et c'est une race qui
est maintenant éteinte.

» — Éteinte! s'écria Charles. Comment! beaucoup de
nobles sont conservateurs.

» — Oui, conservateurs! le mot exprime la chose
exactement. Il indique une sorte de compromis, un
désir d'être populaire tout en restant soi-même. Mais
elle n'existe plus, cette forte indépendance, cette dé-
fiance des classes méprisées qui caractérisaient les
tories du temps de votre père [2]. »

C'est à Oxford qu'apparaît le héros d'*un Honneur
troqué*, poursuivi par ses créanciers et voulant rivaliser
de prodigalités avec les plus riches étudiants. Hauberk,
en dépit de sa fierté, est snob comme on l'est en Angleterre, où l'on regarde la pauvreté comme un déshonneur. Il a beau être poète et sentir sa supériorité intellectuelle, il ne peut se mettre par l'esprit au-dessus de
sa situation, il se sent humilié par le luxe qui l'environne et auquel il lui est impossible d'atteindre ; il n'est
heureux que lorsqu'il peut, un moment, jouer à la richesse.

1. Avocat plaidant.
2. *A bartered honour*, t. III, p. 38.

« Ses talents, pensait-il, n'étaient pas de ceux que le
monde ordinairement récompense. Un Punchbeck arrive où un Chatterton échoue. On n'accorde de lettres
de noblesse qu'à un mérite extraordinaire ou, ce qui
revient au même, à une excessive richesse. Le monde
d'aujourd'hui comble d'honneurs la soupe et la magné-
sie, et laisse l'art dépérir ; oui ! laisse l'art dépérir. L'art
est la vérité, et les hommes qui agissent contre ce qu'ils
croient la vérité, n'ont pas à prétendre au titre d'artiste. Un homme qui, étant capable de peindre une Mé-
duse, peint un pot de bière et deux pipes d'argile, parce
que la foule a besoin de représentations de pots de
bière et de pipes d'argile, et qu'elle n'achète que ce dont
elle a besoin, — cet homme-là n'est pas fidèle, mais
parjure à son art ; ce n'est pas un artiste, mais un ouvrier ordinaire. Quant à l'homme qui pouvait donner au
monde l'interprétation de quelque sublime sentiment,
et qui préfère écrire des chansons et des romances,
parce que le monde a besoin de chansons et de romances et n'achète que ce dont il a besoin, ce n'est pas
un artiste, c'est le jouet du monde. Charles ne devait
donc pas espérer conquérir la renommée d'un poète ; le
monde n'encourage pas les poètes. Le peu d'hommes
qui soient grands par leur poésie sont des hommes capables de combattre avec le monde et de le dominer [1]. »
   Le réel drame du livre, qui est, à la manière des romans de Dickens, rempli d'aventures, se trouve dans

---

1. *A bartered honour*, t. I, p. 271.

l'âme du héros, tantôt enivré d'orgueil quand il vit avec lui-même et prend conscience de ses précieux dons intellectuels, tantôt blessé, abattu par le mépris de son entourage. Hauberk a un si vif besoin de puissance qu'il ne craint pas, pour faire reconnaître sa noblesse, de compromettre sa mère. Il faut lire cette scène d'un simple et beau pathétique où la malheureuse femme raconte comment elle fut séduite par lord Brookshire qui, après l'avoir épousée secrètement, la chassa un jour de son château, en lui faisant croire qu'ils n'étaient pas réellement mariés. La dureté de lord Brookshire reparaît chez le fils, qui, au récit des tribulations de sa mère, demeure impitoyable et trouve encore le courage de lui reprocher la situation misérable qu'elle lui a faite en quittant son mari. Les héros de Robert Sherard, menés par un seul instinct, sont terribles de cruauté lente, de violence calculée ; nul sentiment, nulle crainte ne les arrêtent.

L'un des plus curieux contes de Robert Sherard est celui qui s'appelle *Par droit de conquête.* Le héros ne se contente pas de redemander ses titres et ses biens, il s'en empare. Son père, ruiné, a dû quitter le château de ses ancêtres qui a été vendu à un ancien ouvrier enrichi. Le jeune homme arrive un soir secrètement, assassine le nouveau propriétaire et son fils, et passe la nuit à visiter ce château qu'il regarde comme le sien, à se donner pour quelques heures, l'illusion qu'il est redevenu le maître. Afin de ne pas laisser accuser un innocent de son double assassinat, — et aussi, peut-être, afin d'augmenter sa jouissance en la racontant, — il écrit une

confession qui est moins une suite d'aveux qu'une apolo-
gie. La misère n'a pas humilié cet étrange héros. La
même fierté, le même sentiment de confiance en soi qui
exaltait ses ancêtres se retrouvent en lui. Ce n'est pas
un criminel vulgaire, puisqu'il dédaigne de voler la fortune de sa victime, mais il veut venger ce qu'il regarde
comme une usurpation et reconquérir le domaine fami-
lial, ne fût-ce que pour un instant. Après avoir accompli
cette prise de possession et cet acte de justicier, il se sui-
cidera sans regrets et dans une complète allégresse.

L'esprit de cette nouvelle a aussi inspiré le roman qui
a pour titre : *Juste et Illégal* [1]. Un jeune Anglais, Oliver Martin, découvre qu'un de ses arrière-grands-pères,
disparu sans laisser de traces, a été assassiné et volé par
un hôtelier des environs de Calais, il y a près de cent
ans. Aussitôt, sans s'occuper de la prescription qui
couvre la famille du criminel, Oliver se met à sa recherche. Il se trouve que la fortune de l'aïeul est entre
les mains d'une vieille dévote, la fille de l'assassin. Il
faut voir de quelles ruses se sert Oliver Martin et quelles
terreurs religieuses il parvient à inspirer à la vieille fille
pour l'obliger à lui rendre la fortune volée. Oliver ne
veut ni employer la violence, ni renoncer à ses droits,
et il s'adresse à une personne qui n'est nullement dispo-
sée à reconnaître ses prétentions. Rien de plus curieux
que le caractère de cette vieille, partagée entre la dévotion et l'avarice, et qui veut consacrer la fortune volée à

---

1. *By right not law*, 1892.

faire dire des messes pour le repos de l'assassin. Certains
traits sont d'un comique étrange, de ce comique anglais
qui provoque à la fois le rire et l'épouvante.

, A côté de ces êtres fiers et énergiques qui tiennent à
leurs droits plus qu'à leur existence, et ne les abandonnent que devant la mort, il faut placer ces hommes
épris de vengeance, poursuivant de génération en génération l'insulte faite à l'un des leurs : c'est un personnage de ce genre que l'auteur nous présente dans *le Cas
de M. Lebrun*. Un vieux notaire d'allures et de vie pai-
sibles, tout d'un coup, à soixante ans, devient assassin,
pour venger sur le descendant d'un bourreau le supplice
d'un de ses ancêtres.

Dans cette vie moderne, de mœurs en apparence cor-
rectes, et d'attitudes graves, Robert Sherard a découvert
le mystère tragique, et il nous a peint des hommes qui,
pour être de notre temps, n'en sont pas moins, en dépit
de la police et des lois, des êtres aussi indépendants,
aussi possédés de leurs instincts égoïstes et cruels que
les guerriers des premiers âges.

A observer la violence que le romancier prête à ses
héros, on pourrait lui reprocher son pessimisme, si cette
violence, dans les luttes modernes aussi bien que dans
les luttes d'autrefois, n'avait sa raison d'être. En réalité, de pareils hommes, quelque barbares qu'ils soient,
riches de sève et de vigueur, sont utiles, et la forte vie
animale qui les agite, les puissantes énergies dont ils
témoignent, du moins aux yeux de l'artiste, les justi-
fient et les absolvent. Leurs crimes ne manquent pas de

grandeur et, à défaut de vertus, leurs actions nous inté-
ressent plus que les défaillances, les làchetés, les vices
médiocres d'hommes civilisés, mais affaiblis déjà et
déchus.

III

Des passions si emportées, un tel mépris de sa propre vie et de celle des autres ont rendu nécessaire la morale anglaise et la sévère discipline qu'elle impose, — discipline qui, chez un peuple différent, chez nous, par exemple, serait intolérable.

Aussi bien l'Angleterre, s'il s'est rencontré chez elle un Bunyan, n'est point d'ordinaire mystique, et sa morale religieuse ou sociale a toujours un but d'utilité prochaine. Comme son maître Jérémie Bentham, elle veut que l'on calcule le prix de ses jouissances et qu'au besoin on remette un plaisir de peur qu'il ne coûte des intérêts usuraires. La conquête du ciel et le salut des âmes servent de prétextes à beaucoup de sectes protestantes pour sauver de l'ivresse et de la débauche des misérables qui ne pourraient jamais eux-mêmes s'en relever. Clergymen, législateurs ne font ici que remplacer les volontés absentes. L'égoïsme vital des Anglais, quand ils sont de sang-froid, les fait s'éloigner d'instinct de ces divertissements dont se grisent les peuples du Midi et où ils ne voient qu'oubli et humiliation de la dignité humaine. Ils ne séparent guère l'idée de jouissance de l'idée

de durée : au lieu de ces brèves satisfactions qu'ils ne
savent pas goûter, ils recherchent le contentement pai-
sible et les sensualités douces de la vie familiale. Pour
eux, la vertu consiste à s'assurer une existence longue
et respectée. Avec leur inaptitude au plaisir et l'idée
qu'ils se font de l'importance individuelle, ils considèrent comme un crime toute négligence même momen-
tanée de leur fortune. Comme le remarque le Hauberk de Sherard, l'argent est en Angleterre un titre de
noblesse et une preuve de talent. On ne dit pas d'une
cantatrice qu'elle chante bien, ni d'un romancier qu'il
écrit de beaux livres, mais qu'ils gagnent tant de livres
sterling par an. L'estime qu'on accorde à un homme est
proportionnée à son revenu. Ainsi arrive-t-il que cette
morale anglaise, comme toute morale, ne travaille qu'à
développer certains instincts au détriment des autres ;
et si elle combat le libertinage, c'est pour encourager
l'avarice.

Dans une société qui ne se contente pas d'accorder à
l'argent sa valeur, mais lui donne un rang au-dessus de
toutes les autres, il était utile qu'un romancier vînt l'attaquer et en dévoiler l'influence funeste. La nature des
actes et des écrits doit varier avec les temps et les lieux.
Dans la France démocratique et socialiste d'aujourd'hui
qui, sous prétexte de progrès, voudrait anéantir en elle
tout instinct de vie et de puissance, je regarde les ad-
versaires de l'argent comme les plus dangereux ennemis
de l'humanité. Mais ce qui est nuisible en France peut
être salutaire ailleurs. De plus, Robert Sherard ne

montre l'avilissement par l'argent que chez des âmes
communes. Sans doute, en aristocrate qu'il est resté,
lui reproche-t-il surtout d'être en des mains qui ne
savent point s'en servir. En réalité, ni Hauberk, ni Oliver Martin, ni le Philippe de *Par droit de conquête,*
ne sont odieux dans leur poursuite de la fortune : la hauteur de leurs désirs ennoblit leur ambition. Mais il y a
tant d'hommes que l'argent séduit pour lui-même et sans
qu'il sachent à quoi l'employer : Robert Sherard se
montre impitoyable pour ces volontés mesquines.

Un billet de loterie décrit les progrès de l'égoïsme
chez un être inférieur. C'est l'histoire d'un employé qui
gagne cinq cent mille francs à la loterie des Arts déco-
ratifs. L'employé ne songe d'abord qu'à partager cette
fortune, si aisément gagnée, entre ses amis et ceux qui
l'obligèrent autrefois, mais aussitôt qu'il se voit riche il
ne s'appartient plus : l'argent l'éblouit et le domine. Il
craint de distraire la moindre partie de son bien, et pour
conserver maintenant sa richesse, il ne prend pas moins
de peine qu'il n'en avait naguère à gagner son pain.
Cependant l'argent fuit des mains trop inhabiles à le
répandre : l'employé perd sa fortune sans en avoir joui
et aussi brusquement qu'il l'avait acquise.

Dans l'*Argent de la Servante,* une vieille demoiselle, miss Martha Grimshaw, reçoit des États-Unis une
lettre où on lui demande si elle a toujours à son service
Barbara Style. On lui annonce en même temps que
cette fille vient d'hériter de cent mille dollars. A la joie
première que l'idée seule d'une grande fortune ne

manque pas de répandre dans toutes les âmes, succède
chez miss Grimshaw une secrète jalousie à la pensée
que l'héritière n'est pas elle, mais sa servante. Puis
l'égoïsme apparaît à son tour. Miss Martha regrette la
cuisinière qui flatte sa gourmandise, la domestique at-
tentive et dévouée. Elle va me quitter, se dit-elle, ou
si, en reconnaissance de ce que j'ai fait pour elle, elle
reste à mon service, elle n'aura plus à mon égard son
respect d'autrefois, elle voudra être mon égale : la vie
ne sera plus tenable... L'artifice des consciences religieuses est ici très finement observé. Si miss Martha
veut garder sa domestique, elle tient également à demeurer en paix avec Dieu : rien de plus facile. Il lui en
coûte peu de fabriquer un petit raisonnement qui va lui
prouver l'excellence de ses intentions. Aisément elle se
persuade qu'elle désire seulement le bien de Barbara
Style. En effet, la richesse apporte le trouble dans
toutes les âmes. De plus, quel emploi cette pauvre fille
pourra-t-elle faire de cent mille dollars? Simple comme
elle l'est, elle va devenir la proie du premier misérable
venu qui l'épousera pour sa fortune, en lui disant qu'il
l'adore. Engagée sur cette voie, miss Martha Grimshaw
ne s'arrête plus. Tous les malheurs attendent sa servante, si elle n'y met bon ordre. Aussi bien, pourquoi
lui a-t-on envoyé cette lettre au lieu de l'adresser à sa
domestique? a-t-elle mission d'annoncer les héritages?
Mais elle a vite pris sa résolution. Pas un mot de tout
cela à Barbara Style, finit-elle par dire. Et elle déchire
la lettre.

Meilhac a traité le même sujet dans sa jolie comédie :
Gotte. La comparaison de la pièce et du conte nous
montre combien sont différents les deux arts. Dans la
pièce française, une raillerie légère qui s'arrête avant
d'avoir blessé; dans le conte de Robert Shérard, une
analyse serrée, minutieuse, sans pitié.

Le romancier anglais ne se soucie pas d'être aimable.
Il semble même se plaire à nous représenter des caractères odieux qu'il ne se contente point d'indiquer par un
trait sommaire mais dont il explique, dans ses détails, le
mécanisme compliqué. A côté de ces romans dont nous
avons parlé d'abord, tout éclatants de vie et d'héroïsme,
ces études semblent l'œuvre d'un moraliste chagrin et
plein de mépris pour l'humanité. Dans ce genre, je
connais peu de livres d'une observation aussi puissante
que le roman de *Rogues* [1]. Nous y voyons comment un
homme honnête, mais sans énergie, peut être le jouet
des circonstances, et, de faute en faute, tomber jusqu'au
crime.

D'un de ses clients accusé de vol et condamné à cinq
ans de réclusion, M. Wilson, un *barrister* de Londres,
a reçu en dépôt une somme d'argent. Il avait d'abord
refusé de la prendre, puis, cédant à une sorte de fasci-
nation que l'idée seule de l'or exerce sur lui, il a accepté,
tout en se promettant bien de garder fidèlement le dépôt
et de le rendre à son possesseur; il ne prévoyait pas ce
qui allait lui arriver. Mille tentations viennent successi-

---

1. Chatto et Windus, 1380.

vement l'assaillir. Les prodigalités de son fils, une
liaison avec une femme indigne, épuisent ses ressources, et, pour comble de malheur, un incendie achève
de le ruiner. Il se voit bientôt contraint, pour se tirer
d'embarras, de recourir au trésor qu'on lui a confié. Il
se jure, d'ailleurs, à lui-même de rapporter sans retard
la somme qu'il vient d'en distraire. Mais si faible et si
changeante est sa résolution, qu'au lieu de remettre ce
qu'il a pris, il fait, à chaque instant, de nouvelles brè-
ches à la fortune de son client. C'est alors que s'achève
la dégradation morale de Wilson. Il ne se soucie plus
de conserver une fortune qui est déjà en partie dissipée.
Son indélicatesse le conduit jusqu'au vol, le vol à l'oi-
siveté et à la débauche. Incapable de mener une existence régulière, maintenant qu'il juge la sienne dés-
honorée, il abandonne sa charge de barrister et il
commence une vie d'orgies et de folles dépenses, à la
façon de ces criminels qui ont besoin de s'étourdir et
qui prodiguent sans compter un argent acquis sans
peine. Enfin il arrive qu'il se trouve mêlé à une bande
de voleurs de profession ; il apprend d'eux que la fortune
qu'il vient de gaspiller avait été enlevée à son frère et
lui revenait par héritage.

M. Wilson a dû subir de cruelles épreuves ; ses fautes
l'ont entraîné dans des aventures qui ont failli lui coûter
la vie. Instruit par ses malheurs, il se reproche sa conduite passée. Pour être innocent devant la loi, il n'en
est pas moins coupable devant sa conscience. Le crime
qu'un hasard ne lui a pas permis d'accomplir réelle-

ment, il l'a commis en lui-même, puisqu'il n'a pas craint de se servir de l'argent qu'on lui avait confié et qu'il ne croyait pas lui appartenir. Aussi, tandis qu'il voit passer, conduits par les gendarmes, les bandits qui ont manqué de l'assassiner, il se répète à lui-même l'injure que le commissaire de police a lancée à l'un de ces misérables : « Canaille! Canaille! » — « Ah! dit-il, que serais-je, si j'avais été comme eux, pauvre, hors la loi, moi qui ai trouvé moyen, malgré mon éducation et ma fortune, d'être un voleur. Ah! canaille! canaille! »

Il semble, à lire ce roman, que l'auteur s'est fait de l'existence la conception la plus attristante, la plus pessimiste. Personne n'a montré plus douloureusement l'impuissance où sont les hommes de se conduire, l'enchaînement des vices, la pente irrésistible et glissante qui entraîne aux abîmes. On se demande si c'est un pasteur protestant qui a écrit *Rogues*. On trouve dans ce livre les exemples austères et les intentions morales d'un prêche, encore que l'auteur paraisse bien désespéré, mais c'est le désespoir d'un esprit très fortement imprégné de christianisme. Je songe à Bunyan et à l'effrayante fondrière qu'il imagine sur le chemin de son pèlerin, « fondrière dans laquelle celui qui tombe, fût-il homme de bien, ne trouve point de fond pour poser le pied ». Je pense surtout à Calvin et à une *Confession de foi*, dont un passage semble bien résumer toute la philosophie du roman de Sherard :

« Nous tenons, dit Calvin, que le péché originel est une corruption répandue par nos sens et affections en sorte que la droite intelligence et raison est pervertie en nous, et sommes comme pauvres aveugles en ténèbres, et la volonté est sujette à toutes mauvaises cupidités, pleine de rébellion et adonnée au mal; bref, que nous sommes pauvres captifs détenus sous la tyrannie du péché : non pas qu'en malfaisant nous ne soyons poussés par notre volonté propre, tellement que nous ne saurions rejeter ailleurs la faute de tous nos vices, mais pour ce qu'étant issus de la race maudite d'Adam, *nous n'avons pas une seule goutte de vertu à bien faire* et toutes nos facultés sont vicieuses. »

Robert Sherard avait déjà fait allusion, dans sa pièce intitulée *Destin*, à ces deux idées, assez contradictoires d'ailleurs, de péché originel et de responsabilité.

Plusieurs autres livres le montrent de même comme un partisan de la sévère morale du calvinisme. Dans son étude sur Alphonse Daudet, il s'indigne presque à l'idée d'un petit poème que l'auteur des *Amoureuses* avait composé à l'âge de treize ans, sur des réminiscences du *Don Paez* de Musset, et, à propos des malheurs du « Petit Chose » au collège, il fait l'éloge de l'éducation anglaise sous ses trois formes : exercices du corps, lecture de la Bible et distribution de coups de verges, en même temps qu'il indique les conséquences funestes de l'éducation française : les débauches de l'étudiant et toutes les folies du quartier latin.

Toutefois, si on lit avec attention ce roman de *Rogues,* on verra que Robert Sherard s'est placé, en l'écrivant, à un point de vue très humain, et qu'il est

moins touché par l'idée chrétienne de péché que par
l'idée toute païenne de faiblesse morale. S'il condamne
Wilson, c'est que le barrister manque absolument de
volonté et qu'il s'abandonne sans courage au flux et au
reflux des événements, incapable de les dominer : à
Rome, un stoïcien l'eût flétri pour son caractère sans
force et sans dignité ; dans l'Angleterre contemporaine,
un moraliste utilitaire le méprise, parce que, sans volonté, on ne peut s'assurer une vie heureuse. La morale anglaise, même religieuse, a toujours son idéal
sur la terre, mais il est curieux de voir comment, tout
en n'estimant que le succès, la richesse et la force, ses
adeptes s'enveloppent de christianisme, et, au nom des
Évangiles, blâment en les enviant, les avares qui ré-
servent pour eux-mêmes la fortune, tandis qu'ils re-
poussent avec dédain ceux qui la laissent échapper.

IV

La morale anglaise s'entend à merveille à discipliner les énergies barbares et à fortifier la volonté en lui soumettant des instincts qui, libres, ruineraient les êtres. Mais les morales, qui sont de précieux secours aux foules pour rassembler et conduire leurs forces éparses, deviennent nuisibles dès qu'elles tentent de soumettre des êtres d'exception dont toute servitude compromet l'harmonie.

Les fiers héros d'*un Honneur troqué,* de *Par droit de conquête,* de *Juste et Illégal,* ne sont pas des hommes à accepter la loi, mais à la faire. Le christianisme, en leur imposant une morale qui froisse et domine leurs instincts, doit naturellement les pervertir. Toute barrière, à certains hommes, semble un défi; et cette force, qu'ils eussent employée simplement à s'assurer l'avantage, deviendra un moyen pour eux d'opprimer les autres.

L'orgueil, qui naguère s'épanouissait dans la domination, maintenant condamné, voudra, pour se satis-

3

faire, des cruautés calculées et gratuites [1]. De même, le sentiment ordinaire de la personnalité, combattu par la morale du sacrifice, s'exagérera jusqu'à la folie dans une révolte monstrueuse contre les lois naturelles. Une recherche passionnée du mal du prochain, — recherche qui ne va guère sans l'idée d'un crime à commettre, — le désespoir de sentir les limites de ses forces et de son existence, ont remplacé la joie simple de l'être qui se sent vivre et jouit en paix de toutes ses facultés sans souhaiter qu'elles soient éternelles : l'égoïsme s'appelle maintenant méchanceté.

Cette perversité est analysée par Robert Sherard avec un esprit clairvoyant et profond dans son livre intitulé *Ma Méchanceté* [2], qui est, avec *Rogues*, son œuvre la plus fortement conçue et la plus curieuse. L'auteur nous décrit les différents états de cet égoïsme perverti; et, hardi jusqu'à ne nous point cacher les suites extrêmes de cette passion, il ne craint pas de conduire son héros à une demi-folie. C'est le seul reproche que j'adresserais à Robert Sherard : son livre

---

1. Je dis cruauté calculée, car la simple cruauté ne doit pas être regardée comme une perversité, mais comme une passion primitive, commune, à l'origine, à tous les hommes. Je cite, à titre de curiosité, cette définition de l'auteur de *Justine*, qu'il est piquant de rapprocher d'un mot de Nietzsche : « La cruauté n'est autre chose que l'énergie de l'homme que la civilisation n'a pas encore corrompue. Elle est donc une vertu et non un vice », dit le marquis de Sade. Et Nietzsche qui sans doute, ne savait point de quel écrivain il se faisait l'écho, s'écrie : « On répète : l'homme est méchant. Si c'était encore vrai ! car le mal est la meilleure force de l'homme. » *Zarathustra*, livre IV.

2. *My Wickedness*, New-York, 1893.

aurait un intérêt philosophique plus haut si le cas était moins spécial. La méchanceté est une passion plus commune qu'on imagine ; ce qu'il y a d'étrange et de rare, c'est la forme qu'elle affecte dans ce roman.

L'auteur a craint de choquer un public qui tient à conserver sur la nature humaine d'aimables illusions, et, pensant faire accepter d'un fou ce qu'on ne souffrirait pas d'un homme sain, il a choisi son héros dans un asile d'aliénés. Voyons de quelle manière il le laisse lui-même décrire sa passion :

« Je puis dire ici que mes crimes sont sans nombre. Mon passé n'est qu'une suite d'horreurs. Pourtant je n'ai jamais eu un motif de me venger de qui que ce soit. Loin de recevoir d'affront ou d'injure de mes compagnons, j'aurais eu plutôt à me plaindre de la complète indifférence que la société montra toujours pour ma vie. Cette indifférence, je l'attribue en partie au fait de n'avoir eu ni parents, ni amis, en partie à l'inconstance de mes sentiments, mais principalement à mon extérieur qui m'est très défavorable. Tout ce que j'ai fait, je l'ai accompli volontairement, et, si j'étais libre, je suis sûr que je continuerais comme j'ai commencé. Car, voyez-vous, depuis que l'on m'a enfermé ici, j'ai eu le loisir de méditer des crimes qui dépasseraient en cruauté tout ce que racontent les annales sanglantes de l'humaine méchanceté.

« Méchanceté ! Je me sers d'un mot de convention, comme je me suis servi du mot crime, parce que ces actes que j'ai commis, vous les appellerez probablement

crimes, comme vous appellerez méchanceté la raison
qui me les conseilla.

« Pour moi, ces crimes furent de pures jouissances,
des extases parfaites, et ce que vous appelez méchanceté, je l'appelle religion. Oui, ma méchanceté est ma
religion...

« Je soutiens, et j'ai raison de soutenir, que l'é-
goïsme est la plus haute forme de la dévotion. L'é-
goïsme est la passion qui vous procure le plaisir le
plus vif et le plus durable... Ma méchanceté était mon
culte du moi, ma religion. »

Comment ne pas se souvenir ici de La Rochefoucauld :
« Les vertus se perdent dans l'intérêt comme les fleuves
se perdent dans la mer » ? Il est vrai que l'auteur des
Maximes semble corriger son pessimisme par cette
pensée : « Les vices entrent dans la composition des
remèdes. La prudence les assemble et les tempère, et
elle s'en sert utilement contre les maux de la vie. »

L'égoïste de Sherard ne s'effraie pas d'une passion
qu'il retrouve sous d'autres formes chez tous les hommes.
Au moment où l'aumônier de l'asile vient de lui proposer
en exemple les actes vertueux de l'humanité, notre héros,
par un retour de son orgueil inguérissable, se met à
comparer de pareils actes à ses crimes :

« J'ai mis dans la balance, d'un côté ma vie et mon
être, de l'autre les hommes et la vie des hommes.

« Ici le microcosme que je suis, là le monde immense.
Le monde c'est-à-dire les amis, les frères, les soldats, les
artistes, les prêtres, l'éternel sacrifice enfin de tous et

de chacun pour le but commun. Maintenant je commence à concevoir ce que peut être le plaisir de se sacrifier. Eh bien, je suis amené à penser que c'est à
cause de ce plaisir que l'on se sacrifie soi-même, et
qu'en réalité le sacrifice de soi-même est seulement
une autre forme de l'égoïsme. »

Mais ce plaisir du sacrifice, cette résignation joyeuse,
il ne peut y atteindre. Le sentiment de la personnalité,
la peur de la mort le torturent sans relâche :

« Le soir, quand une vapeur s'élève de l'herbe, que
le soleil s'est couché derrière la mer et que l'ombre
vient lentement obscurcir le feuillage, il se fait un silence que l'âme goûte avec délices. J'ai senti toute
cette beauté ou plutôt j'ai senti combien elle pouvait
donner de jouissance, mais, à moi, elle n'apporte aucun
plaisir. Je rêve d'autres terres et d'autres océans, de
gris plus gris, de verdures plus vertes... Il y a surtout
dans ce printemps une cruauté qui me le fait prendre
en haine. Pour les champs, les arbres, pour chaque
fleur et chaque brin d'herbe, il y a un éternel recom-
mencement, une vie qui se renouvelle et doit toujours
se renouveler. Pour moi, le printemps marque une
année écoulée, un pas de plus vers le tombeau. Dans
quarante, cinquante années, le printemps sera encore
ici, les arbres reprendront leur feuillage, les fleurs
s'épanouiront encore dans la chaleur du soleil et la
fraîcheur de la rosée, tandis que pour moi, hélas!
ce sera fini. Cette vie si courte qui m'est donné à côté
de l'éternité de leur existence me remplit d'amertume.

Non! je ne veux pas voir le printemps. Que des
murailles de pierre m'en défendent! Je n'ai pas
besoin d'avoir la preuve qu'un pas en avant a été
fait. »

Le héros de *Ma Méchanceté* a la cruauté réfléchie
de tous les orgueilleux qui n'ont pas réussi. N'ayant,
pour satisfaire son orgueil, ni la beauté qui séduit, ni
la volonté qui conquiert, il se venge ainsi de l'indifférence dont la société est coupable envers lui. Tout ce
qui est beau, jeune, plein de vie, irrite sa faiblesse. Il
s'attaque surtout à ce qui ne peut lui résister. C'est une
pauvre fille à laquelle il feint de donner son porte-
feuille pour l'accuser ensuite de l'avoir volé, c'est une
jeune femme à laquelle il déclare une violente passion
pour la mieux accabler ensuite de son mépris. Les
animaux, les fleurs même, sont en butte à ses fureurs
et il s'amuse à traîner des roses dans la boue parce
qu'elles l'exaspèrent de leur beauté. Un pareil personnage pourrait servir de compagnon aux héros
de *Justine* s'il ne se jugeait lui-même, par orgueil encore, une créature d'exception.

Il est d'ailleurs à remarquer que *Ma Méchanceté* est
un livre chaste et qu'on n'y rencontre point ces peintures de voluptés sexuelles qui, dans les livres du marquis de Sade, accompagnent toujours la description des
actes de cruauté. C'est que l'amour, sous sa forme saine
aussi bien que sous sa forme morbide, est souvent
absent de la littérature anglaise. Poe et Shelley, par
exemple, semblent n'avoir jamais connu la femme que

par le rêve qu'ils se faisaient d'elle. L'amour, par ce qu'il comporte d'oubli de soi, de déperdition de force, d'esclavage de la volonté, paraît aux Anglais trop périlleux pour leurs ambitions.

Mais la simplicité originelle du personnage de *Ma Méchanceté* nous permettra de mieux étudier cette passion. Sa folie va nous servir, et la conclusion que l'auteur nous refuse, nous pouvons nous-mêmes l'obtenir, aidés des renseignements précieux qu'il nous fournit. La folie est, en effet, comme l'enfance, dominée par l'idée fixe, et, en observant notre personnage, nous n'aurons pas à démêler sa passion des sentiments complexes qui pourraient l'embarrasser.

Dès lors, cette cruauté réfléchie nous apparaîtra non point une action lâche, ainsi que le voudraient Montaigne et Charron, mais un acte d'orgueil témoignant de la faiblesse, de l'impuissance ou du manque de liberté de son auteur. Dans un besoin de se prouver son existence, de la séparer du monde extérieur et d'en vérifier la force, l'homme à l'état d'enfance, de barbarie ou d'esclavage, est naturellement amené à agir sur ce qui l'environne ; il lui faut modifier autour de lui pour affirmer son individualité, et, s'il ne peut le faire autrement, détruire. La joie qu'éprouve l'enfant à briser ses jouets, à désobéir, à faire du mal, nous la retrouverons sous une autre forme chez l'ambitieux entravé, chez l'amateur de sensualités cruelles, chez l'anarchiste militant. Incapables de manifester autrement leur pouvoir vital, dans le doute qu'ils ont de son existence, ils essaient au moins de surprendre les êtres qu'ils ne sauraient attaquer en une lutte ouverte. Tous, en somme, obéissent à ce même sentiment qu'exalte le héros de Robert Sherard : « *my religion, my selfishness* — mon égoïsme, ma religion. »

V

Un peintre de caractères, un analyste de passions, choisit généralement, pour nous les montrer, les crises violentes qui les révèlent. Supposons qu'une même vie, monotone et clémente, sans événement, soit réservée à un ambitieux, à un sensuel, à un orgueilleux, ces trois êtres finiront par ne plus avoir de personnalité distincte. C'est que nos sentiments suivent la même loi que nos facultés : il leur faut l'exercice pour se développer. Cet exercice que réclament nos passions, c'est le commerce avec le monde, tour à tour exaltant et déprimant, réservant à l'homme qui l'entretient mille satisfactions, mille désespoirs passagers. S'imaginer, comme M. Maeterlinck, que la vie intérieure peut être active sans se traduire par des actes, ou, comme Edmond de Goncourt, que l'existence moderne n'est qu'une suite de menues sensations, c'est n'être point sorti de sa chambre et n'avoir jamais éprouvé les grandes ivresses humaines. L'Univers de Goncourt s'est cependant imposé à nombre d'écrivains français. Pour eux, c'était manquer à toutes les exigences de l'art et de la vérité, de mettre dans un livre la moindre aventure : alors on vit paraître ces romans sans composition, formés de notes éparses que nul lien ne réunit, collection fastidieuse d'impressions, — la plupart maladives ou puériles, — que la raison n'a pas pris soin de choisir ni d'ordonner.

Ce mépris de l'intrigue, que n'eurent point Racine ni Shakespeare, témoigne moins d'un amour de l'art que d'une imagination misérable et impuissante. Comment, sans intrigue, disposer les observations et les idées, donner aux caractères leur relief, exprimer d'une façon sensible la pensée générale d'un livre? Une intrigue, d'ailleurs, est pour le romancier, aussi bien que pour l'auteur dramatique, un moyen de rendre plus vivantes ses idées : toute idée un peu forte ayant pour résultante un acte, toute représentation de personnages caractéristiques doit nous montrer leur conflit. En négligeant l'intrigue, les romanciers de notre temps semblent renier eux mêmes leur prétention de nous peindre exactement la vie moderne. Quelles sont donc ces existences qu'ils veulent nous raconter? existences de chat de concierge, de grand'mère tombée en enfance, de vieux célibataire paralytique? La vie n'a nullement cette monotonie qu'ils mettent dans leurs livres, et la vie moderne pas plus que l'ancienne. Les grandes luttes existent toujours et les petites se sont multipliées, car la démocratie, flattant le désir de chacun, a exaspéré les ambitions et rendu les rivalités plus âpres. La machine, le socialisme et la guerre des classes ont même introduit un tragique nouveau. Aujourd'hui comme autrefois, toute vie d'un être sain, intelligent, jouissant de ses facultés, est une vie d'action et, par conséquent, d'aventures. Les meilleurs évrivains de notre temps ont senti qu'il ne fallait point négliger l'élément tragique. Nous le retrouvons dans les contes de M. Anatole France, dans le *Chemin du Paradis*, de M. Charles Maurras, aussi bien que dans les romans de M. Paul Hervieu.

Et que les prétendus raffinés ne viennent pas parler dédaigneusement d'art populaire! L'intrigue n'est pas du tout une part négligeable ni secondaire de l'œuvre d'art, et si l'on doit blâmer la foule, ce n'est point de s'y intéresser, mais seulement de ne pas voir tout ce qu'elle enveloppe.

Il faut qu'il y ait dans le plaisir d'art, comme dans tout plaisir, un effort, et ces complications d'événements répondent au besoin que ressent le lecteur de faire travailler son imagination, — de deviner. Si l'auteur simplifie son récit, il n'éveille plus de curiosité et il ennuie. La pensée seule, quelque subtile et profonde qu'elle soit, ne suffit pas à produire cette émotion esthétique qui est une résultante de mille impressions et à laquelle collaborent toutes les facultés de notre être : intelligence, sensualité, activité. Le romancier, en même temps qu'il nous donne l'illusion de penser, doit substituer à notre activité celle de ses personnages et nous donner ainsi l'illusion d'agir. Il y a, en effet, chez l'homme cultivé aussi bien que chez l'enfant et l'homme simple, un besoin d'action qui sera seulement satisfait par cette représentation, dans le livre ou sur la scène, d'une suite d'actes, c'est-à-dire, par une intrigue.

Je ne prétends pourtant pas confondre l'intrigue à la Ponson du Terrail avec celle, par exemple, de *la Rabouilleuse*. Les événements s'enchaînent dans l'existence avec une logique si parfaite et les caractères se développent selon des règles si uniformes qu'il est possible de deviner l'avenir d'un homme quand on connaît bien son passé. C'est là justement, dans ces prévisions et ces hypothèses, faites d'après un petit nombre de renseignements exacts, que se montre le mérite d'un écrivain, historien ou romancier. Il faut une science véritable de la vie et de la pensée pour mettre les événements en harmonie avec les caractères. Ainsi dans le livre de Balzac, le duel de Philippe et de Max, la mort du colonel Brideau étaient des incidents nécessaires. Le roman était faux si l'auteur l'eût conduit autrement. Aujourd'hui nous en voyons la vérité sans peine, mais c'était plus difficile de l'imaginer.

Cela n'empêche point, d'ailleurs, certaines aventures invraisemblables d'être charmantes. Il suffit pour cela qu'elles ne soient point contraires à ce qu'on imagine du personnage à qui elles arrivent et qu'elles permettent à l'écrivain de mieux nous peindre un caractère. Comment se plaindre des intrigues extraordinaires de certaines comédies de Shakespeare, puisqu'elles sont une occasion pour le poète de nous montrer dans l'étude de ses héros son art merveilleux de déduction?

J'ai dû parler longuement de l'intrigue parce que Robert Sherard y attache une importance considérable.

Mais il n'est pas vrai, comme certains critiques super-
ficiels se sont permis de le dire, que le romancier y
subordonne l'étude des caractères. L'écrivain qui, dans
un poème de jeunesse, affirmait sa croyance à la responsabilité, fait toujours dépendre les événements de ses
personnages. Il semble même que ce soient eux qui créent
leur destinée, bonne ou mauvaise. Ainsi les malheurs
qui accablent le *barrister* Wilson dans *Rogues* sont dus
à un premier manque d'énergie. Ayant une fois cédé aux
événements, il n'est plus son maître : la vie l'emporte. Il
faut voir alors comment chaque catastrophe en amène
une autre, et comment une seule faiblesse entraîne un
homme à toutes les lâchetés. Nous ne trouverons point
dans les œuvres de Robert Sherard cette fatalité qui
domine les héros d'Ibsen ni ces situations étranges qui
condamnent à l'incertitude et empêchent toute décision.

L'intrigue de ce roman de *Rogues*, si magistralement
conduite, nous transporte dans tous les mondes et donne
lieu à des scènes tour à tour piquantes et passionnées.
J'ai cité, pour exemple, ce passage du roman où Wilson,
attiré dans un guet-apens par une misérable créature
qu'il aime malgré toute son infamie, blessé par l'amant et
laissé pour mort, voit cette femme s'approcher de lui et
passer la main devant sa bouche pour s'assurer qu'il ne
respire plus. Le malheureux ne peut s'empêcher, au péril de sa vie, de baiser la main de celle qui l'a trahi et que
tant d'amour finit par émouvoir.

Il ne faut pas s'étonner de la grande place que tiennent
dans toute la littérature anglaise le vol et l'assassinat et

pourquoi des circonstances qui rendent ces crimes plus épouvantables les accompagnent toujours. Comme nul peuple n'a autant que les Anglais le sentiment de la personnalité et le désir d'un bonheur calme et durable, les idées de brièveté de la vie, de perte de la fortune leur sont insupportables. Les écrivains qui, instinctivement, jouent leur rôle de conservateurs, savent encore augmenter chez leurs lecteurs cet effroi. Personne n'a su jouer de la peur comme les Anglais. Les tragiques des XVI\ :superscript:`e` et XVII\ :superscript:`e` siècles et, depuis Edgar Poe, Dickens, Stevenson et Sherard ont poussé à l'extrême l'expression et la suggestion de ce sentiment.

Mais à côté de ces sombres descriptions du Londres criminel, que de tableaux d'un amusant pittoresque, que de pages d'une observation fine et délicate! L'écrivain est un explorateur curieux et infatigable : il nous promène dans tous les pays; il nous introduit dans tous les mondes.

Dans *un Honneur troqué,* nous passons de la vie luxueuse d'Oxford aux brutales orgies des étudiants saxons, et nous parcourons l'admirable région des lacs anglais, après avoir contemplé des paysages virgiliens d'une grandeur sereine et majestueuse :

> *The isle-sustaining Ocean flood,*
> *A plane of light between two heavens of azure...*

Naples ensuite nous attire, avec ses mendiants et ses moines de Santa-Lucia et de la Strada del Castello, Naples avec ses tripots où le prince Arnolfo de Caserte vient jouer sa fortune.

Ce goût du décor ne fait pas oublier à Sherard l'humanité. A côté des caractères que nous avons essayé
de décrire, à côté du Wilson de *Rogues*, du Philippe
de *Par droit de conquête*, du Hauberk de *un Honneur
troqué* et de cet étrange monomane de *Ma Méchanceté,*
quelle troupe amusante et bigarrée forment tous ces personnages secondaires qu'il donne pour suite à ses héros,
comme il les dessine avec amour !

C'est le « jeune beau », le chevalier de la Vigne, qui
ne peut pas oublier ses coquetteries de boulevardier,
même devant la magnificence du paysage napolitain ;
c'est la marquise de Malséant, avare et misérable, qui
demeure dans un appartement vide qu'elle imagine rempli des meubles d'un somptueux passé ; c'est Jarnowski,
le noble Polonais ruiné, devenu chasseur d'un restaurant de femmes, un croquis d'après nature [1] ; c'est le
vieux lord Hauberk retiré dans son château à la campagne, oubliant le monde en compagnie de ses moralistes et, comme un sultan change de favorites, accordant
ses faveurs tantôt à Vauvenargues et tantôt à La Rochefoucauld. Ne négligeons pas, non plus, le clergyman Bar-
tholomew, le type du tartufe anglais ; l'Oiseau moqueur,
une curieuse étude d'anarchiste ; la bonne demoiselle Do-
rothy et Dora Wolfe, la délicieuse et perverse courtisane.

C'est avec un art tout spécial, procédant par demi-
teintes successives et par lentes gradations que Robert
Sherard nous dépeint ses héros. Il n'a point cette bru-

(1) *An american Snob*, New-York, 1891.

talité de certains écrivains qui nous découvrent complètement leurs personnages dès le commencement de leur
livre; il leur laisse longtemps ce clair-obscur au milieu
duquel les hommes nous apparaissent tout d'abord dans
la vie. Puis le visage s'illumine peu à peu, sans pourtant
venir jamais en pleine lumière. Ainsi ceux qui nous en-
tourent gardent-ils dans l'ombre, jusqu'à la mort, quelques parties d'eux-mêmes. Un sentiment de piété humaine porte l'écrivain à respecter ce mystère des êtres
et à nous les montrer pudiquement voilés.

Mais si nous ne savons pas tout d'une physionomie,
ce que l'auteur nous en laisse entrevoir est d'une admirable netteté de dessin. Dans ces romans qui, à l'exception d'*un Honneur troqué*, sont de rapides récits, ayant
l'allure vive d'un conte de Maupassant, l'auteur joint aux
dons d'analyse et d'évocation des Anglais le goût, la so-
briété, la vigueur, ces qualités distinctives du génie latin.

Au surplus ce n'est pas la première fois que son influence se fait sentir dans une œuvre étrangère. Le
temps n'est plus où Carlyle demandait à l'Allemagne
toutes les formes de sa pensée. Les rudes et puissants
écrivains du Nord se rapprochent chaque jour davantage
d'un art qui éclaire et purifie leur talent, met l'ordre et
l'harmonie dans leurs idées. Sans doute le séjour à Paris, le voyage à Naples n'auront pas été inutiles à Sherard. Il y aura pris ce sens de discipline et d'élégance
nécessaire à tout écrivain et dont les plus sévères moralistes ne se peuvent passer.

Mars 1895.

II

Le tour de la roue

CONTES DE SHERARD

Le tour de la roue

JANEK LE NAIN

Dans Fleet street un grand nombre de bars, à cause
de leur clientèle de journalistes et de typos, restent ouverts longtemps après l'heure ordinaire de la fermeture.
Une nuit du dernier hiver que je m'étais attardé, je ne
sais pourquoi, dans un de ces établissements, j'eus une
aventure.

A mon entrée j'avais remarqué, dans un coin du bar, un
être dont le visage et la forme du corps partout ailleurs
eussent attiré l'attention; — c'était un nain, — mais les
clients ordinaires n'avaient pas le temps de remarquer
quoi que ce fût; ils arrivent en grande hâte; demandent,
consomment, s'en vont sans rien voir que leur verre et
leur monnaie. Le nain en question devait être un habitué
pour qu'on ne prît pas garde à lui. Aux brandebourgs
et à l'astrakan de ses vêtements on eût dit un Polonais.
Il n'avait pas plus de quatre pieds; mais fortement bâti
avec des épaules larges et des bras vigoureux; et, bien

qu'il parût âgé, il avait la barbe presque noire et le visage sans rides. Sa physionomie, malgré cela, était loin d'être agréable, et on surprenait dans son sourire je ne sais quoi d'inquiétant. Un examen un peu attentif vous laissait aussi voir dans ses traits comme la trace d'anciennes souffrances, de ces souffrances qu'une fortune tardive ne vous fait point pardonner. De tout l'entourage, c'était le seul être qui fût là pour le plaisir de tuer le temps. Évidemment il trouvait un délice à savourer son verre de punch et à envoyer la fumée de son cigare, tout à fait insensible à la vulgarité de l'endroit ; aussi je pensai qu'en dépit de son costume, qui était luxueux, ce devait être un homme de basse origine : peut-être un marchand polonais de la cité, qui, pour une fois, goûte de la bohème et du noctambulisme. Son visage ne m'était pas inconnu. Je me demandais même quelque temps après où j'avais pu le voir, lorsque, feuilletant par hasard une collection de gravures, je tombai sur un portrait de Kosciusko, l'insurgé patriote, qui peut être considéré comme le type le plus ordinaire du plébéien polonais. Mille fois par jour, dans la Pologne russe, on rencontre des êtres qui lui ressemblent, qui ont son nez retroussé, ses pommettes saillantes et ses yeux de Chinois : c'était tout à fait mon homme.

J'étais sur le point de sortir quand un nouveau client entra dans le bar. Sa physionomie me frappa tellement que je ne pus m'empêcher de m'arrêter et de l'examiner. C'était un vieillard, qui paraissait appartenir à l'aristocratie ; il était de taille haute, d'aspect autoritaire, et,

malgré ses vêtements misérables, il conservait un air
d'élégance.

Son habit, blanchi par l'usure, avait une coupe parfaite; et ses mains, couvertes de gants qui ressemblaient
à un crible de cuir, étaient petites et fines. Il était pâle
et semblait très malade. Pourtant ce fut d'un pas dégagé
qu'il s'approcha du comptoir; il parla même au barman
d'un ton si arrogant que j'attendais de ce robuste gaillard une brutale réplique; mais c'est à peine si le garçon osa le regarder; il s'inclina et le servit sans lui
demander — comme il le faisait souvent — s'il avait
vraiment qualité pour se faire servir à cette heure.
Ce vieillard m'intriguait beaucoup : je me demandais ce
qu'il pouvait être. Je n'avais jamais rencontré personne
de son espèce parmi les types singuliers qui s'offrent
au regard de l'observateur londonien, dans la moindre
de ses promenades, mais je pensais bien qu'il n'était pas
homme à donner prise à une curiosité indiscrète ni à
encourager un étranger à lier conversation, et je me ré-
signais à ne pas pousser plus loin mon examen, quand
j'aperçus le nain. Son regard fixé sur le vieillard m'in-
digna au plus haut point. Le nain le considérait comme
un plébéien fortuné peut contempler un aristocrate dé-
chu; je sentais qu'il prenait plaisir à comparer son par-
dessus doublé de fourrure avec cet habit luisant d'usage ;
mais on devinait aussi à la fixité féroce de ses yeux que
le vieillard n'était pas précisément pour lui un inconnu.
Celui-ci, pourtant, ne semblait pas plus s'inquiéter du
nain que des autres personnes, trop dédaigneux de tout

ce qui l'entourait pour y prêter la moindre attention. Il regardait vaguement devant lui, appuyé contre le comptoir et jouait, d'un geste machinal, avec la cuiller de son verre.

Je me demandai quel lien pouvait unir deux êtres si différents. Soudain le vieillard tira un demi-souverain de sa poche, le jeta devant le barman, pivota sur ses talons et s'élança vers la porte. Le barman ramassa l'argent, s'assura vite que la pièce était bonne et s'écria : « Vous oubliez ! la monnaie ! » Le vieillard attendait sans doute cet avertissement, car il se retourna d'une façon trop théâtrale pour n'avoir pas été préparée. « Gardez ! » fit-il, tandis que l'homme sifflait de plaisir et ramassait la pièce sans un mot. Je me tournai alors vers la table du nain. Il n'était plus là. Je pensai qu'il était sorti du bar pour suivre le vieillard.

Je ne m'étais pas trompé. Il marchait, en effet, à trente pas derrière lui, réglant sa marche sur la sienne de façon à garder sa distance. Cela d'ailleurs ne paraissait pas nécessaire, car le vieillard marchait bien plus vite que je ne l'aurais cru, la tête haute, et le corps droit. Je pris l'autre côté de la rue, et je ne perdis pas de vue la poursuite.

Aussitôt que le vieillard eut dépassé la Cour de Justice, il hâta sa marche et ce fut d'une allure précipitée qu'il descendit le Strand. Pour ne pas le perdre, le nain était forcé de courir et il le faisait en boitant. A Sommerset House, pourtant, le vieillard ralentit sa course, et ce fut presque en traînant le pas qu'il prit la direction du pont de Waterloo.

Peu à peu le nain était arrivé tout près de lui, et avec
de telles précautions pour n'être pas remarqué que je
crus qu'il méditait un crime.

Je regardai autour de moi ; mon anxiété s'accrut encore.

Bien qu'on fût au cœur de Londres, pas un agent de
police, pas une âme dans cette nuit froide et plu-
vieuse !

Cependant le vieillard venait d'atteindre le milieu du
pont, ayant toujours le nain à ses trousses, si préoccupé,
semblait-il, qu'il ne m'avait pas encore remarqué. Mon
cœur battait vivement ; j'étais persuadé que j'allais être té-
moin d'un acte de violence, et je commençais à regretter
une curiosité qui allait m'exposer peut-être au plus réel
danger...

Soudain, avec une vivacité qui m'étonna, le vieillard
envoie son chapeau devant lui, monte sur le parapet du
pont, pousse un cri qui me paraît être en polonais l'équi-
valent de « bonsoir », et lance ses mains dans le vide
comme s'il voulait s'y précipiter.

Mais au moment même, le nain l'agrippait par ses
vêtements, et le retenait de ses longs bras. Et, comme
pour mieux exercer la puissance de ses muscles, il l'a-
menait du parapet sur le trottoir. Jamais sauvetage ne
fut si prompt. Je n'eus pas le temps de faire un pas
qu'il était accompli.

— Vous n'avez pas le droit de vous tuer, Monseigneur, dit le nain en polonais, et il retenait toujours le
vieillard de ses larges mains et le regardait au visage

avec une expression de haine qui me paraissait inexplicable après ce qui venait de se passer sous mes yeux.

Le visage du vieillard se contracta étrangement et, à la lueur du réverbère qui les éclairait tous deux, je le vis considérer avec une anxiété folle l'homme qui venait de lui sauver la vie.

— Par la Vierge mère! s'écria-t-il, c'est Janek!

— Oui, Monseigneur, répliqua le nain d'un ton narquois, c'est Janek. Janek le nain, votre Janek. Et Janek dit à son seigneur et maître qu'il n'a pas le droit de se tuer et qu'il ne se tuera pas tant que Janek aura la force de l'en empêcher.

Il y eut un moment de silence pendant lequel les deux hommes se regardèrent.

A la fin le vieillard dit d'une voix sourde :

— Pourquoi avez-vous fait cela?

— Parce que je vous hais, repartit le nain. Je veux que vous viviez parce que je vous hais.

Le vieillard essaya de se dégager, mais le nain le tenait toujours étroitement, lui attachant les bras contre le corps de ses mains puissantes.

— C'est moi qui suis le maître à présent, dit-il avec un rire, quand le vieillard fut redevenu immobile.

— Comment as-tu osé me suivre? demanda son prisonnier d'un ton méprisant.

— Je vous ai vu dans le bar, tout à l'heure, répliqua Janek en clignant de l'œil. J'ai tout de suite reconnu Monseigneur. C'était la même arrogance, le même pas,

le même port de tête, la même façon insolente de regarder tous les hommes comme s'ils n'étaient que de la
poussière sous vos pieds. Et j'ai vu en même temps
ce qui est arrivé à Monseigneur, depuis que la Pro-
vidence m'a fait la grâce de me séparer de lui. J'ai
remarqué l'habit usé et les gants ridicules et j'ai lu
votre vie comme à livre ouvert. Oui, comme tous
les autres, et bien que vos États aient été confisqués,
vous avez voulu continuer cette existence de plaisir
et de fête que vous aviez toujours menée depuis votre naissance. Et comme l'argent seul pouvait vous
la donner, vous avez fait tout ce qu'un homme peut
faire pour obtenir de l'argent. Vous avez triché au jeu
— n'essayez pas de lutter avec moi, car je suis de
beaucoup le plus fort — vous avez triché au jeu, vous
avez pris de l'argent à des femmes qui étaient assez
folles pour vous aimer. Que n'avez-vous fait, qui ne fût
vil et abominable, pour sauvegarder votre vanité, pour
avoir de l'or à gaspiller et que le peuple pût dire de
vous : « Quel grand seigneur! » Oui, seulement maintenant que vous êtes très vieux et que vous n'avez plus
le moyen de continuer cette vie-là, maintenant que vous
ne pouvez plus trouver d'hommes ni de femmes à
escroquer, vous voudriez en finir et, satisfait du
passé, vous épargner un effrayant avenir. Mais cela ne
sera pas. Vous vivrez, car je ne vous laisserai pas
mourir. Ce serait un trop grand bonheur pour vous et
je ne veux pas que vous soyez heureux. Oh! j'ai bien
deviné ce que vous vouliez faire quand je vous ai vu

jeter au barman cette pièce d'or! A la façon dont vous l'avez cherchée dans vos poches, on ne pouvait s'y tromper; c'était bien la dernière! Alors j'ai pensé que, même pour le plaisir de satisfaire votre vanité, vous ne vous conduiriez pas si généreusement si vous n'étiez pas venu à cette résolution suprême qui permet de mépriser l'argent tout autant qu'on l'adorait. Oui, j'ai vu que vous étiez décidé à vous tuer. Alors je me suis décidé, moi, à vous suivre et à vous en empêcher.

— Et tu as réussi, hélas! dit le vieillard. Maintenant qu'as-tu à faire avec moi?

— Oh! c'est bien simple, répliqua le nain. Je vais vous garder jusqu'à ce que des hommes de police viennent à passer. Alors je leur dirai : « Voici un homme qui vient de tenter de se suicider. » Les policiers vous emmèneront, demain vous comparaîtrez devant le juge, il vous renverra en prison, et dans tous les journaux il sera annoncé que monseigneur le comte Paul Paulowski, de Tchernek, de la province de Podoli, a voulu se tuer parce qu'il était devenu un misérable vagabond et qu'il n'avait plus sur lui un penny. La nouvelle traversera toute la Pologne, de Varsovie à Lodz et de Lodz à Lublin. Elle sera vraiment sensationnelle... Allons! je vous ai déjà dit qu'il était inutile de vouloir lutter avec moi, et que je suis votre maître à présent.

— Mais j'étais votre maître autrefois! s'écria le vieillard, la voix tremblante de rage, et je vous le rappelle! Et d'un ton sarcastique il ajouta : Vous souvenez-vous, Janek, comment, pour m'amuser, j'avais coutume de vous demander un balai et de vous balayer de la chambre avec les bourriers?

— Oui, je m'en souviens, répondit le nain, et c'est pourquoi je ne vous laisserai pas mourir.

— Ah! comme je m'amusais à vos dépens, continuait le vieillard. Et comme nos ancêtres avaient bien raison d'avoir un nain dans leur château pour s'égayer et se réjouir. Vous rappelez-vous, Janek, comment un jour je vous fis monter dans le grand hêtre derrière la chapelle, et crier : « Coucou! coucou! » jusqu'à ce que vous n'eussiez plus de voix.

— Je me le rappelle très bien, reprit Janek, et c'est pourquoi je ne vous laisserai pas mourir. Ce serait trop agréable pour vous de finir ainsi. Non, vous vous êtes amusé trop longtemps. A votre tour maintenant de souffrir!

— Ah! ah! ah! faisait le vieillard, perdu dans ses souvenirs et riant du rire le plus hideux que j'aie jamais entendu. Vous souvenez-vous de Minka, la fille du garde-chasse. Quelle royale aventure! Mon Janek, mon esclave, mon nain, mon bouffon, devenant amoureux de la plus jolie fille du comté! Minka nous raconta cette absurde passion; alors j'arrangeai une jolie comédie. Nous étions tous là, mes hôtes et moi, cachés derrière un rideau quand mon Janek tombe aux genoux de Minka et lui déclare son amour. Je n'ai rien vu de plus amusant. Comme il roulait les yeux, et comme il avait de jolis compliments sur les lèvres, mon petit homme, et quelle grimace il nous fit quand Minka, ne

pouvant plus se retenir, pouffa de rire et que nous
sortîmes de notre cachette. J'ai cru que j'en mourrais.
T'en souviens-tu, Janek?

— Oui, et c'est pourquoi je ne vous lâche pas, répondit le nain, pâle de colère, mais qui se maîtrisait.

Trouvant que ses sarcasmes ne produisaient pas leur
effet, le vieillard qui, malgré sa gaieté affectée, tremblait
de passion, laissa éclater toute sa fureur et s'emporta
jusqu'aux insultes les plus ignominieuses. Il parlait avec
une telle volubilité que je ne pouvais suivre ses paroles,
mais je l'entendis donner au nain toutes les injures.

On eût dit que les mots les plus infamants lui paraissaient trop honorables encore pour le désigner et qu'il ne
trouvait pas dans les langues de vocable assez bas pour
l'avilir. Le nain, qui le tenait toujours, attendit que le
souffle lui manquât; alors il lui dit :

— Toutes les grossièretés que vous me lancez à la
face me sont indifférentes. Vous me les avez trop pro-
diguées dans ma jeunesse pour que je m'en soucie
encore. Maintenant d'ailleurs je ne suis pas Janek le
nain, mais je suis Janek, chef de famille, ayant une
femme, des propriétés, je suis un homme respectable.
Comment donc pourrais-je m'offenser de ce que peut
me dire un vieux vagabond qui n'a pas un penny dans
sa poche et qui, sans moi, ne serait plus à cette
heure qu'une charogne au fond de l'eau? Il eut alors un
sourire ignoble et ajouta : — Il me vient une pensée.
Pourquoi ne m'avez-vous pas remercié pour vous avoir
sauvé la vie? les hommes d'ordinaire considèrent ce

service comme celui qui engage le plus l'obligé à son
bienfaiteur. Je vous ai sauvé la vie, vous avez donc contracté envers moi des obligations infinies. Remerciez-
moi donc !

— Comme je vous ai bien fouetté, Janek! dit le vieillard sans avoir l'air de l'entendre. Vous devez encore avoir
sur le derrière les marques de mon fouet de chasse. J'a-
voue que je n'ai jamais rencontré un coquin si obstiné
que vous, une tête en caillou comme la vôtre. Ah! il
fallait vous en donner! Ah! monsieur Janek, chef de
famille et propriétaire, homme respectable, vous pouvez vous vanter d'avoir été bien fouetté.

— Et moi je ne vous fouetterai pas, dit Janek. Je vous
garde simplement jusqu'à ce que les policiers viennent
et que je puisse vous laisser entre leurs mains. Ce n'est
qu'à la police qu'ont affaire des vagabonds de votre espèce.
La loi ne tolère pas le suicide, si plaisant qu'il soit pour
un homme qui n'a plus rien pour vivre, et qui est trop
fier pour mendier — à présent qu'il ne peut plus voler.
Ah! ah! ah! le comte Paul Paulowski à la barre! Tout le
monde apprenant que le grand homme de 1864, le grand
patriote, le grand exilé, est enfermé dans une prison
de Londres, parce que, dans sa misère, il a essayé de se
tuer!... Que va devenir la Pologne, Dieu du ciel! Qui
chantera maintenant les hymnes de guerre, et qui aigui-
sera les épées!... Qui chassera l'oppresseur! Dites-
moi donc, grand guerrier, quand la Pologne doit être
libre. Est-ce à votre sortie de prison? Me ferez-vous
connaître à quelle époque est fixée la marche sur

l'ennemi? J'aimerais le savoir. Comme je vous ai sauvé la vie, peut-être vous souviendrez-vous de moi quand vous aurez reconquis votre pays et que vous partagerez les dépouilles moscovites.

— Je n'ai pas de raison à donner à un chien tel que vous, dit le vieillard. Mais sachez que si j'ai voulu mourir aujourd'hui, c'est que je voyais que mes bras misérables ne pouvaient plus servir la Pologne, et qu'il ne m'était plus possible de tenir les promesses que j'avais faites à ma chère patrie. Janek, au nom de la Pologne, laissez-moi!

— Au nom de la Pologne, je vous garde et au nom de la Pologne, je ne vous laisserai pas vous tuer. Notre pauvre pays n'a pas besoin d'hommes comme vous. C'est de vous qu'elle attendait sa délivrance. C'était sur vous qu'elle avait les yeux fixés depuis que vous aviez fui — si héroïquement! — cette lutte que vous veniez de provoquer. Oui, c'est à vous qu'elle pensait quand vous partagiez votre existence entre la table de jeu et le lit de vos maîtresses. C'est de vous qu'elle disait toujours : « Il travaille pour moi. Et j'espère en lui. Il n'oubliera pas les promesses qu'il m'a faites! » Non, il ne vous oubliait pas! C'était en battant les cartes, en vidant les coupes de champagne, et en caressant les cheveux des femmes qu'il exerçait son bras au grand combat qui devait vous rendre l'indépendance et vous délivrer du joug étranger! Ah! pitoyable héros!

— Un chien comme toi ne peut pas être le juge d'un homme de ma sorte. Il n'y a rien de commun entre nous. Et maintenant, laisse-moi m'en aller, je te l'ordonne!

— Après tout, dit le nain qui eut un instant d'hésitation, pourquoi ne le laisserais-je pas? Je ne pense pas qu'il puisse se tuer à présent. Il n'en aurait pas le courage. Et à quoi bon rendre sa disgrâce publique? Mais non, ajouta-t-il, la Pologne veut entendre parler de lui. Nous attendrons donc la police.

— Ah! chien! s'écria le vieillard, mettant toute sa force dans un combat désespéré et forçant ses muscles pour se délivrer. Le nain le tenait serré, mais il combattait en homme, et, avec une énergie qui m'étonnait, secouait et repoussait son adversaire. Soudain le pied du nain glissa et il tomba, entraînant le vieillard avec lui. Le combat continua dans la boue.

Devais-je ou non intervenir? J'étais encore dans une grande perplexité quand un policier vint me sortir d'embarras. « Holà! qu'y a-t-il? » l'entendis-je crier, et il siffla pour appeler à l'aide. J'allai jusqu'à l'extrémité du pont, et je revins dans Fleet street. Comme j'arrivais dans le Strand, j'aperçus les deux hommes qui marchaient escortés de trois policiers.

Le lendemain matin je quittais l'Angleterre, et je ne trouvai pas, en route, les journaux qui auraient pu m'apprendre la fin de cette aventure. Mais, peu de temps après, me promenant à Paris, dans le quartier des Halles, je reconnus, à la terrasse d'un restaurant de nuit sordide, entouré des habitués en goguettes, mon vieux gentilhomme, plus misérable que jamais, et qui tendait la main aux aumônes. Janek le nain, je suppose, se fût contenté de cette vengeance.

PAR DROIT DE CONQUÉTE

Ce matin-là, dans leurs mansardes, les domestiques du château de Bretby s'éveillèrent soudain du plus profond sommeil aux cris perçants d'Anna, la laveuse de vaisselle, qui, selon une habitude invétérée, descendait pour son travail à cinq heures et demie.

— A l'aide ! à l'aide ! à l'assassin ! à l'assassin ! faisait la pauvre fille, tout en larmes, en remontant l'escalier.

— Anna, s'écria Wilson, le maître d'hôtel, en se levant à la hâte, que signifie ce bruit !

Seul un maître d'hôtel peut être aussi choqué que le paraissait Wilson en ce moment.

Mais Anna n'avait pas la force de répondre et elle s'affaissa en atteignant le palier.

Elle fut quelque temps à se remettre ; quand elle rouvrit les yeux, tous les domestiques l'entouraient.

— On a assassiné le maître, gémissait-elle. Je viens de le voir étendu mort dans la salle de billard, au milieu d'une mare de sang. J'ai vu aussi une hache à côté de lui.

Elle allait continuer, mais il n'y avait plus personne pour l'écouter.

Aux premières paroles qu'elle avait prononcées,

5

PAR DROIT DE CONQUÊTE

Ce matin-là, dans leurs mansardes, les domestiques du château de Bretby s'éveillèrent soudain du plus profond sommeil aux cris perçants d'Anna, la laveuse de vaisselle, qui, selon une habitude invétérée, descendait pour son travail à cinq heures et demie.

— A l'aide ! à l'aide ! à l'assassin ! à l'assassin ! faisait la pauvre fille, tout en larmes, en remontant l'escalier.

— Anna, s'écria Wilson, le maître d'hôtel, en se levant à la hâte, que signifie ce bruit !

Seul un maître d'hôtel peut être aussi choqué que le paraissait Wilson en ce moment.

Mais Anna n'avait pas la force de répondre et elle s'affaissa en atteignant le palier.

Elle fut quelque temps à se remettre ; quand elle rouvrit les yeux, tous les domestiques l'entouraient.

— On a assassiné le maître, gémissait-elle. Je viens de le voir étendu mort dans la salle de billard, au milieu d'une mare de sang. J'ai vu aussi une hache à côté de lui.

Elle allait continuer, mais il n'y avait plus personne pour l'écouter.

Aux premières paroles qu'elle avait prononcées,

5

toutes les femmes avaient regagné leur chambre en poussant des cris; mais les hommes, chez qui la curiosité triomphait de la frayeur, étaient descendus au plus vite, précédés du maître d'hôtel.

Anna avait dit la vérité. M. Harman était étendu sur le parquet, en face du billard, avec une blessure hideuse à la tête et dans une énorme mare de sang. On avait dû commettre le meurtre depuis plusieurs heures, car le sang était presque coagulé.

Les domestiques demeuraient saisis d'horreur. Le meurtre, il est vrai, plus que la victime, était cause de cette émotion. On respectait M. Harman, mais sans l'aimer. Il était rude et parcimonieux envers ses serviteurs, presque avare pour lui-même. Maître des plus splendides propriétés du comté, il menait une vie aussi simple que lorsqu'il était un pauvre contre-maître, employé à la construction des machines. Quand, par suite de saisie, le domaine de Bretby fut vendu à M. Harman, il y avait vingt personnes au service de Sir Richard, le propriétaire d'alors. M. Harman n'avait gardé que quelques domestiques et encore avait-il diminué leurs gages.

Cependant, à la stupeur du premier moment, succédait chez tous une curiosité inquiète. On se demandait comment on avait pu tuer M. Harman. Anna, dans un coin de la pièce, découvrit une hache qui avait évidemment servi au crime. Du sang teignait le tranchant et quelque chose y était collé qui semblait être les cheveux blancs du maître. L'assassin avait sans doute attaqué

M. Harman au moment où il était à jouer au billard.

Wilson, le maître d'hôtel, était un homme de sens.

— Vous allez tous rester ici, dit-il, quand il se fut rendu compte de ce qui venait d'arriver. Je vous défends expressément de toucher à quoi que ce soit dans cette salle. Je vais réveiller M. Henry et lui annoncer la terrible nouvelle. Quand je reviendrai, j'aurai des ordres pour chacun de vous.

Là-dessus il laissa les domestiques, mais quelques minutes plus tard, il reparaissait au haut du grand escalier, le visage encore plus pâle que lorsqu'il les avait quittés.

— M. Henry n'est pas dans sa chambre, dit-il. Le lit n'a pas été défait.

Tous ceux qui l'entendirent eurent la même sinistre pensée. Il convient d'ajouter qu'on la jugea ridicule et que personne n'y voulut prendre garde.

Wilson se disposait à parler de nouveau quand on frappa à grands coups à la porte du vestibule. Il y eut un moment d'effroi ; enfin deux hommes, robustes compagnons, allèrent voir ce qui se passait. Après un court colloque, la porte s'ouvrit. On entendit alors des cris, et l'un des hommes revint en courant.

— C'est le garde-chasse et son garçon. Ils rapportent M. Henry. Il est mort, lui aussi.

Il achevait à peine que trois gardes entrèrent dans le vestibule, portant le corps d'un jeune homme. C'était Henry Harman, le fils du maître. On vit qu'il avait été atteint d'un coup de fusil au cœur. Par devant, la balle, en pénétrant dans les chairs, n'avait fait qu'une blessure légère et peu apparente, mais dans le dos s'ouvrait une plaie large et profonde.

Wilson descendit dans le vestibule où régnait le silence de la terreur.

— Nous sommes serviteurs ici, dit-il aux domestiques, et nous devons servir jusqu'au dernier moment. Ce n'est pas le moment de pleurnicher ni de bavarder. Ne restons pas ainsi à rien faire. John, courez à l'écurie et sellez deux chevaux. Vous trotterez jusqu'à Kendal, et vous amènerez le docteur. Non, c'est inutile, je le vois. Allez plutôt trouver M. Carson, le magistrat, et dites-lui ce qui vient d'arriver. Tom, allez à la gare et informez le constable. Vous deux, mes amis, cherchez-Le autour du château et dans le parc. Il faut aussi que tous les fermiers apprennent le malheur en même temps. Parker et moi nous porterons nos pauvres maîtres sur leur lit. Allons! partez tous. Vous aurez assez de temps plus tard pour causer.

Les domestiques obéirent et se dispersèrent, afin d'exécuter les ordres du maître d'hôtel, tandis que Wilson et Parker transportaient le corps du jeune homme dans sa chambre, le déposaient sur son lit et retournaient chercher le vieillard.

Comme ils passaient devant la chambre à coucher de M. Harman, Parker tressaillit et s'écria :

— Vois donc, Wilson, il y a de la lumière. Il est peut-être là.

En effet la chambre était brillamment éclairée.

— Qu'allons-nous faire? Qu'allons-nous faire? s'écria le maître d'hôtel qui avait perdu tout courage. C'est Lui certainement. Il doit être à voler l'argent du coffre-fort.

Mais s'étant un peu remis de sa frayeur, il dit à voix basse à son compagnon :

— Nous devons entrer, Parker : c'est notre devoir. Ce pourrait être le feu.

Et il ouvrit vivement la porte.

— Voyez! Voyez! s'écrièrent les deux hommes en même temps et ils reculèrent de terreur.

Les vingt bougies du lustre de Venise et les six flambeaux du manteau de la cheminée illuminaient la chambre. Sur le fauteuil où M. Harman avait coutume de déposer ses vêtements, on pouvait voir un monceau de loques immondes. Sans cet éclairage et ces haillons, la chambre aurait eu son aspect habituel.

— Parker, fit Wilson, j'ai essayé jusqu'au bout de faire mon devoir et de conserver mon sang-froid. Mais je sens à présent que je n'en ai plus la force. Dites-moi, Parker, si il y a quelqu'un dans le lit du maître ou si je rêve?

Parker avait perdu tout empire sur lui-même. Il aperçut bien la forme d'un corps dans le lit, mais il n'eut point l'idée de voir qui cela pouvait être. Il tournait, se retournait, cherchant une cachette. Quant à Wilson, il eut juste assez de présence d'esprit pour pousser la porte, la fermer à clef et se sauver.

Mais, une fois dehors, il eut honte de sa frayeur. Après avoir renvoyé dans leurs chambres les servantes qui remplissaient de leurs lamentations la salle de billard, il se postait, le fusil à la main, devant le château, à un endroit d'où il pouvait apercevoir les deux fenêtres de la chambre de son maître. Malheureusement ces fenêtres étaient fermées.

— Il ne s'est pas encore échappé, murmura Wilson en brandissant son fusil, il ne s'échappera pas tant que je serai là.

Il n'avait pas quitté son poste, quand deux heures plus tard, M. Carson, le magistrat, arriva en toute hâte de la ville. Un médecin et un constable l'accompagnaient. Deux autres constables et le domestique de M. Carson suivaient dans une carriole. Le magistrat donna l'ordre de garder les abords du château et d'éloigner les fermiers qui eussent voulu y pénétrer. Puis, prenant le bras de Wilson, il entra, suivi du docteur et d'un constable.

— Les misérables! Les misérables! s'écria-t-il, quand il eut visité la salle de billard où le vieillard était encore étendu, baigné dans son sang. Wilson! comment avez-vous pu laisser ainsi votre maître?.. Je crains, docteur, que votre ministère soit inutile. Pauvre, pauvre ami! Allons! fit-il en se tournant vers le maître d'hôtel, il faut le transporter sur son lit.

— Mais, monsieur, dit Wilson. Il est en haut.

— Qui, Il? Que voulez-vous dire? s'écrièrent le docteur et le magistrat.

— L'Homme qui a commis le crime. En haut, les bougies sont allumées comme pour une fête.

Le magistrat et le docteur se regardèrent avec sur-
prise et parurent fort inquiets.

— Suivez-moi, Messieurs, dit Wilson, qui courut à
l'escalier. Venez vous-mêmes. Je vous dis qu'Il est là.

En quelques secondes, les trois hommes se trouvèrent
devant la chambre de M. Harman.

M. Carson tourna la clef dans la serrure, ouvrit brusquement la porte et entra le premier.

C'était un homme de courage ; pourtant il ne put
retenir un cri, et tout son corps eut un frémissement.

Il y avait dans le lit un troisième cadavre, et, à la lumière mourante des flambeaux, on pouvait voir que
c'était celui d'un jeune homme. Les yeux, grands ouverts, étaient très noirs, et paraissaient vous regarder
fixement. Mais ce qu'il y avait de plus horrible, c'était
le sourire grimaçant des lèvres. Il semblait que cet
homme fût mort en plein triomphe. Qu'on imagine l'allégresse dans la mort : c'est le sentiment qu'exprimait
cette face.

— Quel est cet homme ? s'écria le magistrat en recu-
lant.

Il n'eut point de réponse. M. Carson et ses deux compagnons demeurèrent alors quelques instants autour du
lit, sans oser dire un mot et tremblants comme des
enfants.

Carson parla le premier.

— Cet homme est bien mort, n'est-ce pas, docteur ?

— Oui, répondit le médecin, il y a déjà quelques
heures.

— Qu'on le laisse ici pour le moment, dit le magis- trat, et transportons le pauvre M. Harman dans une autre chambre.

On lui obéit. On avait laissé au principal constable le soin d'examiner tout ce qui pouvait éclairer le mystère. Aussi M. Carson, accompagné du docteur et de Wilson, fit-il l'inspection des chambres du premier étage. Ils n'avaient encore rien observé de particulier, lorsqu'ils entrèrent dans la bibliothèque, chambre qui servait aussi de cabinet de travail à M. Harman. Une lampe y brûlait encore et la table était couverte de papiers en désordre.

— J'ai rangé cette chambre hier soir, avant de me coucher, dit Wilson. Le maître ne vient jamais ici dans la soirée. Je suis sûr que c'est un des exploits de L'Homme.

— Qu'est-ce que cela? fit Carson et il désignait un papier sur lequel étaient tracées ces lignes :

« Je lègue toutes mes propriétés à Lucy Green, à ses « héritiers et les leur transfère pour toujours. »

Cette pièce portait la signature de Philippe Middlesex, ainsi que celle de Beauséjour et de Chazrelles.

Il y avait aussi une lettre d'invitation :

Cher Jacques,

Venez donc passer l'automne avec moi. Vous ferez sur mes propriétés des chasses magnifiques.

Vous savez aussi que j'ai dans mes écuries d'excellents
chevaux.

Votre ami pour la vie

Philippe Middlesex.

— Mais regardez donc, dit le docteur, tandis que
M. Carson considérait le billet. Voyez à côté de la
lampe, cette enveloppe sur laquelle on a écrit le mot :
Explication.

M. Carson prit l'enveloppe et l'ouvrit. Elle contenait
plusieurs feuilles couvertes d'écriture. Le magistrat lut
ce qui suit :

L'EXPLICATION

Je laisse cet écrit, pour qu'on ne puisse accuser personne des actes cruels que j'ai accomplis seul, cette nuit.

Je n'ai commis aucun vol estimable, car le bien que
j'ai volé est intangible. Pour m'exprimer plus clairement,
j'ai usurpé des droits.

Je sais que M. Harman a dans sa chambre à coucher
la somme de cinq mille livres en or et en billets, que lui
versèrent aujourd'hui ses fermiers. Je suis allé ce soir
dans cette chambre à coucher, mais ce n'était point pour
voler l'argent. C'est dans cette salle que mon ancêtre
Philippe Middlesex conduisit son épouse, Abigail, troisième fille du duc de Beauséjour. Et pourtant il n'est que
trop vrai que moi, le descendant direct de ce Philippe et
de cette Abigail, je suis un intrus dans cette pièce et que si

l'on m'y surprenait, on m'en chasserait à coups de canne.

Mais en ce moment tous les domestiques sont couchés dans les mansardes et ne peuvent m'entendre. Quant aux maîtres du château, ils ne sont plus à craindre. Le vieillard est étendu mort, le crâne fendu, dans la salle de billard où il attendait son fils unique et héritier ; et ce fils unique et héritier, je l'ai tué d'un coup de fusil devant la maison des loups.

. Me voici maintenant seul maître de ce château, de ce parc, de ces trois villages, des fermes et de leurs dépendances. Je suis seigneur de six manoirs, je suis patron de vingt bénéfices. Oui, maître, pour une nuit seulement.

C'est à dix heures que j'ai frappé le vieillard et à cinq heures et demie mon crime sera découvert ; à cinq heures et demie du matin, quand les domestiques descendront à leur ouvrage. Depuis deux heures j'ai joui de ma puissance et de ma seigneurie, et je posséderai ces biens encore cinq heures et demie. J'ai donné mon bonheur et je donnerai ma vie pour cette jouissance, mais je ne trouve pas que ce soit la payer trop cher.

J'écris cette déclaration dans la salle où je la laisserai, dans cette salle qui servait de bibliothèque à mon père, quand il était le maître. Mes premiers souvenirs sont liés à cette pièce qui a conservé son aspect d'autrefois. Ce sont toujours sur les rayons les mêmes livres ; et, pendus à la muraille, les mêmes portraits de mes ancêtres. Le portrait qui se trouve au-dessus de la table où j'écris est celui de sir Charles Middlesex, qui suivit Buckingham à la cour de France.

Quand M. Harman acheta ce domaine, il prit le mobi-
lier, la vaisselle, les peintures. Il se procura une généa-
logie en même temps qu'une étable à pourceaux.

Pour moi, je suis ici par droit de conquête, par le
droit de la force. Ce chevalier, dans son armure, qui me
regarde avec des yeux de reproche, devint de la même
manière baron de Chazrelles en Picardie, après la bataille d'Azincourt. Il est vrai qu'il tua vingt chevaliers et
hommes d'armes, tandis que j'ai seulement tué deux
personnes : un vieillard sans défense et un enfant mala-
dif. Mais je jouirai seulement de ma conquête jusqu'à
cinq heures et demie du matin, tandis qu'il conserva sa
baronnie jusqu'à Jeanne d'Arc.

Il est vraiment délicieux de s'asseoir ici et de se sentir
en possession de ce magnifique château où nous avons
vécu tant de siècles et dont chaque pierre semble avoir
des affinités avec ma race. Savez-vous que tandis que
j'écris, je suis un des plus grands propriétaires terriens
de ce pays, le maître de trente fermiers qui, à leur tour,
sont les maîtres de deux cents laboureurs!

N'est-ce pas une belle pyramide humaine, celle dont
je suis le sommet? Je dois vous dire que je dispose de
deux mille votes. Je puis faire ou défaire une élection, et
j'ai deux bourgs à mes ordres. Je suis aussi le magistrat
du comté et ce m'est un vif plaisir de penser que comme
seigneur du manoir, Sa Grâce le duc de Newcastle me
doit hommage.

Vous comprenez maintenant ce que j'entends par une
usurpation de droits. J'ai usurpé les titres et les proprié-

tés de M. Harman, qui est étendu mort dans la salle de
billard, et je les ai en ma possession pour cinq heures.

Vous allez dire peut-être que je suis absurde, que je
suis fou. Vous vous demandez pour quelle possession
imaginaire j'ai risqué, — non, sacrifié ma vie? Vous
dites que je suis sous le pouvoir d'une hallucination. Je
vous réplique en vous demandant de quelle manière ma
possession, ma puissance, ma seigneurie sont imagi-
naires. Parce qu'elles dureront seulement sept heures et
demie? Mais sept heures et demie, n'est-ce pas une part
importante de la vie d'un homme? Et dans l'histoire du
monde, ne voit-on pas les hommes sans cesse risquer
leur vie et leur honneur pour une possession et une
jouissance infiniment moins longue. La limite du temps
peut-elle diminuer le pouvoir, tandis qu'il existe? Lady
Jane ne fut-elle pas reine, et le tailleur insensé de Muns-
ter, l'Anabaptiste, ne fut-il pas roi, encore que la souve-
raineté de l'une n'ait duré que trois jours et le règne de
l'autre, un mois seulement?

Je n'ai jamais désiré prolonger ma jouissance plus
longtemps. Sept heures et demie d'un plaisir pareil à
celui que je ressens à présent valent une éternité.
Chaque moment apporte à mon orgueil une fête nouvelle
et plus charmante.

Il est vrai que pour jouir plus complètement encore
de mon élévation, je souhaiterais que d'autres que moi
en fussent témoins. Si j'osais, je réveillerais les domestiques et leur dirais de me servir. Mais aussi, quelle
volupté extraordinaire de sentir que malgré tout, et

quoique le monde puisse condamner et maudire ma
conduite, il ne lui sera jamais possible de défaire ce qui
a été fait! Sept heures et demie se seront écoulées durant lesquelles j'aurai été ici le maître incontesté, comme
mon père l'était avant moi, et par conquête.

Mais ce qu'il y a dans mon triomphe de plus admirable, c'est qu'il ne finira qu'avec moi. Quand mes yeux
se fermeront pour la dernière fois à la lumière du jour
je me sentirai maître.

Ma mort est nécessaire pour faire l'usurpation, la
possession complète. Maintenant j'ai le droit de vous
certifier que jusqu'à ma mort je serai maître de Bretby-
Hall, propriétaire de vingt fermes, magistrat du comté
et seigneur de plusieurs manoirs. Je me demande s'il y
a au monde un homme, quelque grande et assurée que
soit sa fortune, qui puisse se vanter de garder toute sa
vie ses richesses et son pouvoir? Moi, je le puis; et c'est
pourquoi je dois, en toute confiance, me croire une im
mense supériorité sur tous les autres hommes.

Comment pourrait-on supprimer l'interrègne des propriétaires légaux sur les domaines que j'ai occupés, les
sept heures et demie durant lesquelles j'aurai été maître?
Vous ne le pouvez pas. Vous ne pouvez pas ramener les
heures qui sont passées et c'est pourquoi ma jouissance
est infinie. Comment — ici mon triomphe m'est doux au
delà de toute expression, — comment voulez-vous me faire
croire que je ne suis pas un maître, mais un malfaiteur?

Je serai mort quand vous lirez ces lignes, et je serai
mort me sachant et me sentant maître. Insultez mon ca-

davre autant qu'il vous plaira, vous ne pourrez jamais empêcher que ce que j'ai fait n'ait eu lieu. N'ai-je donc pas eu raison de me rougir les mains ?

Je préparais ce triomphe depuis des mois, et si j'ai différé l'accomplissement de mes projets jusqu'aujourd'hui, c'était pour savourer d'avance mon plaisir, en l'imaginant.

Il y a des années, quand, à la suite des honteux événements qui font partie de l'histoire du comté, mon père, le cœur brisé, s'en alla de ce château, je rêvai de jouer un jour le rôle glorieux de Warren Hastings. Mais quelle Inde aujourd'hui offre la réhabilitation ? Je pense cependant que des deux triomphes, de Warren Hastings et du mien, c'est le dernier qui est le plus glorieux. Je ne suis pas rentré dans les domaines de mon père au tintement de l'or, par droit d'acquisition, mais par la force de mon bras, par conquête. C'est, vous le savez, la bonne vieille règle, la méthode la plus simple. Et cette conquête, je vais la garder jusqu'à ma mort, toutes les heures de ma vie.

A présent j'ai achevé mes révélations, expliqué ma conduite et affirmé mes droits qui, quoique vous puissiez dire ou faire, seront les miens aussi longtemps que ce monde existera. J'ai clairement établi, n'est-ce pas ? que c'était moi qui avais tué le vieillard et son fils ; — je le répète pour qu'on ne soupçonne personne et qu'on n'accuse pas un innocent.

Je n'aurais plus rien à ajouter si je ne voulais vous dire comment je compte passer le temps qui me reste à vivre.

D'abord, comme cela est naturel, je m'occuperai de ma propriété, j'administrerai mes États. Je lirai mes livres, fumerai mes cigares, m'étendrai sur mes divans, admirerai mes peintures. Je donnerai des ordres à mes serviteurs, chasserai des tenanciers et réduirai mes fermages. Je ferai aussi un testament. J'irai peut-être jouer dans ma salle de billard et certainement je boirai une bouteille de mon meilleur vin. Enfin je passerai le reste de ma vie à jouir de mes immenses revenus, de mes vastes domaines, de mon influence politique et de ma prééminence sociale. Quand je mourrai, ce sera dans l'apothéose de ma jouissance.

Ma mort sera très simple. Lorsque le cartel Louis XV de mon boudoir marquera cinq heures vingt minutes, je monterai à ma chambre à coucher, la chambre où tous les Middlesex ont dormi depuis quatre siècles et je m'installerai aussi confortablement que possible dans mon lit. Je fumerai alors une cigarette et, juste à cinq heures et demie, je viderai le contenu d'une petite bouteille bleue que je porte dans la poche de mon gilet.

Mais jusque-là quelle vie j'ai devant moi !

III

Joseph Sattler

Joseph Sattler

Se pénétrer des traditions artistiques de son pays,
se renfermer dans le génie des maîtres nationaux qui
vous précédèrent, c'est encore le plus sûr moyen de
découvrir son âme et d'être original. En vain voudrait-
on se débarrasser de l'héritage d'idées et de formes
transmis par les ancêtres, devenir tout d'un coup et
comme par une grâce divine, japonais, taïtien ou chinois, on n'arriverait qu'à l'incohérence et au grotesque
de ceux qui veulent jouer dans la vie un rôle incompatible avec leurs instincts et leurs facultés. Il faut
être d'abord de son pays : c'est la première distinction.
Joseph Sattler ne me paraît si digne d'admiration que
parce que, né en Allemagne, il a exprimé dans son art
toute l'âme de sa race : sérieuse, forte et triste, partagée, divisée plutôt, dirais-je, entre les jouissances
de la vie animale et cette rêverie lente, profonde, qui
étreint, qui pénètre les choses.

Il est né le 26 juillet 1867 à Schrobenhausen, petite
ville de la Haute-Bavière. Tout enfant, il travailla chez

son père qui était peintre décorateur et qui, voyant ses
dispositions pour le dessin, eut l'idée de l'envoyer à
Munich, à l'École des Beaux-Arts. Il avait alors seize
ans. A cet âge « les bons élèves » admirent de confiance les maîtres qu'on leur impose; mais ceux qui
seront plus tard de grands artistes ont déjà brisé des
idoles et choisi des dieux. Dans ce Munich où l'esprit
germanique s'est italianisé et grécisé avec tant de mauvais goût, le jeune Sattler dut être d'abord assez dé-
paysé, regretter plus d'une fois sa ville natale et maudire
l'art académique. Il était fort peu assidu aux leçons de
ses maîtres et on le regardait comme un des plus mauvais élèves. Il ne perdait pourtant point son temps. Si
Munich compte tant d'œuvres d'art et de monuments
piteux, on y trouve aussi des trésors. Quelles heures
studieuses et charmantes il passa dans la Galerie des
Vieux Maîtres, au Cabinet des Estampes, aux bibliothèques! La vie non moins que la pensée l'intéres-
sait. Divers dans ses goûts, il se passionnait pour le
paysage, l'architecture, et déjà il s'appliquait à représenter les foules. Cependant la vie le forçait bien neuf
encore dans son art, à produire, à publier des dessins.
C'est alors qu'il collabore à un petit journal humo-
ristique, puis, peu de temps après, aux « Fliegende
Blätter ». Contrairement à la plupart des jeunes artistes
contemporains qui jugent que le tempérament dis-
pense du travail, il ne cesse d'étudier pour lui-même;
il dessine paysans et ouvriers, labeurs et frairies, et
toutes les scènes de la vie populaire, se créant une façon,

bien à lui de voir et de peindre les choses, et chaque jour
s'acheminant vers un dessin plus exact, plus expressif.

Toutefois, de pensée et d'art indépendant, il ne pouvait rester longtemps attaché à des journaux d'esprit
conservateur et de forme routinière. Il se vit bientôt
dans la nécessité d'être lui-même son éditeur. Il publie
successivement une série satirique : La Source (Die
Quelle); un album pour la Guerre des Paysans ; quarante
ex-libris pour Stargardt de Berlin. enfin il expose aux
Champs-Élysées une suite de superbes dessins (1).

Quand on considère l'Art allemand de ce siècle, on
ne voit pas, parmi les prédécesseurs de Sattler, quel
peut être son maître ; il semble s'être créé tout seul sa
manière. Comment parler de cette école de Dussel-
dorf, de l'effrayant Cornelius et du non moins horrible
Schnorr ? Que dire aussi de ce Moritz Schwind qui
crut retrouver l'âme de son pays dans les légendes, et
peignit de puériles aventures ! Il y a plus de talent
chez Arnold Boëklin, qui se plut aux paysages de songe,
aux scènes fantastiques ; mais si le conte et la poésie
peuvent parfois s'accommoder de toutes les bizarreries
du rêve, la peinture a besoin de la réalité, et je crains,
qu'à part quelques très beaux paysages, l'œuvre de
Boëklin ne paraisse bientôt aussi prétentieux et démodé
que le sont aujourd'hui les William Blake et les Che-
navard. Je préfère Hans Mackart et Stuck (2), mais le

(1) En 1894. Depuis il a publié, entre autres œuvres, un album sur la
Guerre des Anabaptistes.
(2) A la galerie Petit, en 1899, il y avait un adorable tableau de Stuck,

premier est principalement un décorateur, le second
n'est pas exempt d'une certaine étrangeté voulue qui
gâte un peu son art habile et vigoureux. Tous d'ailleurs sont des peintres en chambre, des commerçants,
des théoriciens, ou des amateurs. On sent qu'ils n'ont
point ce regard passionné qui saisit ou qui devine le
monde. Joseph Sattler m'apparaît donc comme unique, sans souillure de fausse antiquité, de faux ger-
manisme; au lieu de fabriquer de grotesques manne-
quins d'après les statues d'Égine, ou de jeunes et
mystérieux princes pour demoiselles sentimentales,
il peint avec une verve incomparable toute une humanité violente ou grave, des visages pensifs et de
furieuses batailles (1).

Dans son premier album « La Source », il cherche
encore sa voie. J'y trouve non pas une source, mais
plusieurs qui viendront plus tard mêler leurs eaux;
certains dessins semblent, pour le tour d'imagination,

d'un coloris gras et roux qui rappelait Delacroix ou plutôt Chassériau :
Un centaure brutal, cabré, étreignant une petite Déjanire allemande de
taille longue, souple et de peau laiteuse, les hanches un peu dures, les
fesses rondes, courtes et potelées, sur des jambes encore minces et peu
développées de fillette ; tout effarée, toute honteuse, se cachant le visage
dans ses grands cheveux blonds : c'était exquis de grâce spirituelle, de
couleur et de mouvement.

(1) Sattler aurait pourtant un précurseur dans Alfred Rethel. Cet artiste,
mort malheureusement très jeune, a montré, dans les quelques œuvres
de lui que je connais, le plus grand talent. Je citerai surtout une Danse
des Morts d'un nouveau genre, publiée à Leipsick en 1848, suite de
lithographies à la fois réalistes et symboliques, qui évoquent avec puissance la révolution saxonne.

d'un Goya, — d'un Goya allemand, il est vrai, moins
emporté et plus rêveur; — d'autres sont de simples
caricatures et des illustrations de journaux; d'autres
enfin, — les meilleurs, — rappellent les vieux maîtres
de Nuremberg et d'Augsbourg.

Sattler y montre déjà un esprit prévenu contre la
vie et attristé, sans que cette vision douloureuse, pessimiste même, choque mon idéal d'un art pacifique et
joyeux. Il est de sa race, il appartient à un pays où
l'existence est âpre et dure, mais la glorification de la
vie que je rencontre chez tout véritable artiste, pour
être indirecte, n'en existe pas moins dans son œuvre.
Parfois étaler la souffrance, faire penser à la mort, c'est
les prévenir. Certains peuples ne sauraient sans péril
connaître le rêve voluptueux et tranquille des Italiens.

Les satires de Sattler sont pleines d'amertume voilée,
de mépris hautain, de discrète mélancolie. Je songe en
contemplant ces belles planches au mot de Nietzsche :
« La flèche lente de la beauté ! (1). » Elles ne nous
frappent point brutalement, mais un mystérieux esprit
est en elles qui nous entraîne à des hauteurs inaccou-
tumées où il n'y a plus ni arbres ni verdures, et d'où

(1) La plus noble beauté n'est pas celle qui entraîne tout à coup, qui
fait des attaques fougueuses et enivrantes, — cette beauté-là produit
aisément le dégoût — c'est plutôt celle qui s'infiltre lentement, que
l'on emporte avec soi presque sans s'en apercevoir, et qu'on retrouve au
milieu de son rêve; qui, finalement, après avoir longtemps reposé sur
notre cœur avec modestie, prend entièrement possession de nous, remplit nos yeux de larmes et notre âme d'un ardent désir. (Humain trop
humain.)

nous ne voyons que l'immensité des monts nus et des glaciers.

Quelle extraordinaire apparition que celle de ce philosophe, avec sa tête énorme, fendue, comme brisée par la méditation; avec ses yeux qui contemplent fixement et froidement l'horizon; les pieds dans le flot, immobile, assis pour toujours! On pourrait le comparer à un autre dessin de Sattler qui n'appartient pas à cette série « L'analyse fin de siècle » : une mort déguisée en savant et penchée sur une cornue avec une anxieuse et vaine curiosité. — Philosophie et science de néant qui sont moins attirées par la vie et l'amour que par des jeux d'esprit misérables! — Notons encore « les Égoïstes » et « A jour fixe », deux planches à la Goya. Dans la première, des hommes dont le corps est enfermé dans un tonneau sont lancés au milieu des vagues en colère. Heureux de l'inutilité de leurs membres, se réjouissant d'être ainsi séparés les uns des autres, ils ne se regardent point et ne s'aperçoivent pas que leur tonneau a une large fissure. « A jour fixe » représente une conversation de snobs et d'amateurs. Sans doute ils causent finement de toutes choses au milieu de ces livres d'Ibsen et de Tolstoï, sous le regard du Gœthe et du Beethoven en plâtre du Salon! On les devine à leurs gestes gens de bonne compagnie et probablement fort instruits. Mais quelle déception quand on s'approche : il ne leur manque qu'une tête!

Mérimée, dans le petit chef-d'œuvre où il raconte la vie intime de Stendhal, s'est moqué d'une façon char-

mante de ces critiques qui vont chercher dans les tableaux un prétexte à des réflexions morales et philoso-
phiques; mais s'il est assez ridicule d'admirer, dans
l'œuvre de certains maîtres, d'autres qualités que l'audace, la grâce du mouvement, l'harmonie des couleurs, la vie intense des personnages, la noblesse du
style, je crois que chez plusieurs artistes de notre
siècle, — un Goya, un Rops, un Sattler, — il ne faudrait
pas non plus trop dédaigner la pensée qui a inspiré
une composition. Il s'est créé comme une peinture littéraire; je l'ai déploré quand j'ai vu des artistes négliger tous les moyens d'expression de leur art pour
vouloir rendre ce qui, par la ligne ou la couleur, est
inexprimable; encore ne puis-je m'empêcher d'aimer
ceux qui, comme Sattler, mettent une idée dans une
composition excellente à des points de vue purement
techniques.

J'avoue, d'ailleurs, que le côté littéraire d'un dessin
ou d'un tableau est toujours un peu obscur, si le peintre a tenté de fuir la banalité. Aussi ne recommencerai-je
pas les paraphrases où se divertirent, après M. Huysmans, tant de jeunes écrivains au sujet d'Odilon Redon
et de mille autres. Les meilleures compositions de
Sattler sont, comme on le pense, celles dont le sujet
présente un intérêt plutôt d'art que de philosophie. Là,
Sattler est vraiment allemand, et, en demeurant très
original, retrouve tout à fait la manière des primitifs
nationaux. C'est bien cette façon si naïve et si audacieuse en même temps d'exprimer le caractère d'une

physionomie, qualité qu'ont eue tous les grands maîtres
germaniques du xvi⁰ siècle : Dürer, Kulmbach, Holbein. La beauté du type et de l'attitude les touche
moins que le monde moral et la vie physique d'un être,
mais avec quelle intensité ils les traduisènt! Qu'on regarde les quatre médaillons de la planche : « Pfui Teu-
fel! » (Fi donc, diable!) — Bâfrer. — Ne rien faire. —
Dormir. — Lamper. — Toute la tyrannie des besoins
physiques y est rendue avec une étonnante puissance. Il
faut voir, au milieu de la fumée qui s'élève de soupières
énormes, cet affamé penché vers les plats comme s'il
voulait d'un coup les dévorer. Il faut voir aussi ce tra-
vailleur brisé de fatigue, couché sur le ventre et dor-
mant au grand soleil. Déjà, dans les arabesques des
médaillons se révèle le charmant génie ornemaniste de
Sattler qui atteindra la perfection dans son dessin de
La Sainte Famille. La Vierge et l'Enfant contemplent
Joseph qui fait sous le rabot s'envoler les vrillons éti-
rés en spirales, enroulés en forme de fruits, ou allongés
comme des tiges de fleurs. Tout cela est d'une grâce
exquise et rappelle les meilleurs inspirations d'Alde-
grever.

Nous arrivons à l'œuvre la plus importante de Sattler :
La Guerre de Paysans, magnifique sujet pour un artiste
allemand. On a, en effet, trop répété que l'Allemagne
était la terre de la légende. Avec son goût vif du détail
réel et du pittoresque, elle se borne dans la fiction à
transposer la vie, — exagérée seulement; mais il lui
manque presque toujours le sens de la beauté ou du moins

de la grâce qu'on remarque chez les grands Anglais, chez un Burne Jones, chez le Tennyson des Idylles, tout pleins des génies de l'Antiquité et de la Renaissance. Voyez à la Nouvelle Pinacothèque de Munich l'Or du Rhin de Boëklin : dans un fleuve de théâtre, de grosses filles qu'on croirait prises en quelque brasserie et dévêtues pour la circonstance, nagent, plongent, étalent leurs charmes pesants. Wagner, lui-même, dans sa tétralogie est écrasé et nous écrase sous son Fafner, son Dieu borgne et toute la suite du Walhall. Mais cette lourdeur, cette affectation pédante dont les Allemands ne se peuvent débarrasser quand ils traitent les légendes, ne voyant dans leur poésie qu'un prétexte à érudition, toute cette emphase disparaît lorsqu'ils évoquent le passé. Nul peuple n'a comme eux le sentiment de l'Histoire, le culte des ancêtres. Ils se plaisent à retrouver leur âme dans celles des hommes d'autrefois et ils savent perpétuer les usages, l'art et la pensée des aïeux.

La Guerre des paysans a cet intérêt d'un acte ancien qui nous expliquerait le présent. Ce sont les mêmes luttes sociales au xvie siècle qu'à notre époque, les mêmes réclamations de ceux qui n'ont rien contre ceux qui ont tout. Le paysan allemand, vaincu et misérable comme jadis, sauf dans les provinces plus riches de l'ouest, ne ressemble en rien au paysan français, petit propriétaire, ennemi de toute révolution, et sa plainte est, à certains points de vue, aussi raisonnable aujourd'hui qu'autrefois. Mais l'humanité a besoin d'être hypocrite et de se cacher ses aspirations réelles. C'est au nom de la Justice que

les anarchistes de notre temps viennent réclamer une
vie facile et de plaisirs; c'était au nom de Dieu et de la
religion que les paysans de Munzer se battaient pour
leur propre affranchissement. Aux demandes légitimes
ils ajoutaient des exigences oppressives où stupides. Par
exemple, si les paysans de la Forêt Noire, dans leur manifeste réclament l'union libre (1), ils veulent aussi ex-
proprier le seigneur au profit de la Commune qui arrive
à avoir tous les droits, même celui de choisir un curé et
de le déposer, si elle le juge incapable d'interpréter la
Bible! Ainsi, à notre époque, les ouvriers des mines
font surveiller leurs ingénieurs par des contre-maîtres.
La populace n'a pas changé. Sans avoir rien appris, sans
avoir jamais pensé, elle estime qu'elle égale, par don
naturel, le savant et le penseur. Les vils flatteurs de mul-
titude, les courtisans de la plèbe qui mendient l'or et es-
croquent le pouvoir au lieu de les conquérir, ont si bien,
dans tous les temps, adulé sa sottise qu'elle se croit divine. Ah! comme il avait raison, Luther, quand il voyait
surtout, dans cette révolte des paysans, des ambitions
misérables!

« L'esprit ne règne pas sur vous, disait-il, mais seulement la chair et le sang... Je crains fort que Satan
n'ait envoyé parmi vous des prophètes de meurtre qui

(1) L'article onzième dit que dorénavant aucun paysan ne pourra plus
être puni pour s'être uni à sa fiancée sans la volonté du curé et du seigneur. La Réforme qui devait finir par écraser l'homme naturel a d'a-
bord été — inconsciemment, il est vrai! — une grande protestation de
nature.

convoitent l'empire de ce monde et qui pensent y arriver par vous, sans s'inquiéter des périls temporels et spirituels dans lesquels ils vous précipitent. »

Pour comprendre l'œuvre de Sattler, il est bon de pénétrer cette âme des foules, sommeillante et sans énergie propre, dévastatrice et inconsciente, à qui il faut, pour se réveiller, l'aiguillon d'une pensée étrangère et qui élève des dictateurs, alors même qu'elle croit briser une tyrannie. — Un tel album n'appartient pas seulement à l'Art, mais à l'Histoire. Par une sorte de divination, Sattler a évoqué ces hommes aux passions grossières, avides et cruelles et, en nous donnant leur image, il nous livre tout un monde de pensées.

Elle est vraiment admirable, cette planche qui sert de frontispice, cette réunion de paysans dans la plaine, aux dernières lueurs du crépuscule. Voûtés par le travail, rendus tremblants par le servage, ils semblent encore avoir peur du château qui couronne la colline au loin, et de tous ceux qui l'habitent, sûrs de leur puissance, ne redoutant rien de l'armée pacifique et soumise des vassaux. Ce n'est qu'à la faveur de la nuit qui monte qu'ils se sont rassemblés avec des faulx qu'ils n'osent pas brandir et qui leur pèsent aux épaules. Comme leur révolte est timide! Et pourtant le désir brille dans leurs yeux tristes et leur face commence à devenir anxieuse. On sent que ces craintifs révoltés essaient de se donner mutuellement un courage qu'ils n'ont pas, mais que leur inspireront les circonstances. Encore un moment, et ils vont pousser leur cri de guerre : encore un moment, et ils vont déployer la bannière de la Bundschuh, où est brodé le soulier ordinaire des pauvres gens, devenu un signe de ralliement, étalé avec orgueil.

Sattler excelle à saisir sur un visage l'éveil d'un sentiment, la passion naissante, et aussi à traduire le bouleversement d'une âme, les suites d'une crise. Voyez ce lamentable paysan couché à la porte d'une hôtellerie et qui demande miséricorde ; cet autre appuyé sur son bâton, aux yeux envieux, sournois, et qu'on devine plein d'une colère toute prête d'éclater contre son seigneur ; et ce torturé à la physionomie à jamais épouvantée, dont le corps paraît moins brisé que l'intelligence ; voyez surtout Martin Luther. Ce n'est pas à la vérité le beau rêveur, l'enthousiaste que nous imaginons volontiers, l'homme dont Jules Soury a dit « qu'il ne fut rien que conscience », mais un fanatique exalté par la vie claustrale. Si je ne crois pas que Luther fut ainsi, en revanche, c'est bien la physionomie d'un de ces religieux révoltés qui apportaient dans le monde les habitudes du monastère et essayaient de donner un tour pieux à des passions d'autant plus ardentes qu'elles avaient été longtemps comprimées. En le contemplant, on se souvient des paroles que Gœthe prête à son frère Martin, décidé à être sincère :

« Je n'imagine rien de plus pénible que de n'oser être homme. Pauvreté, chasteté, obéissance, trois vœux dont chacun pris à part semble ce qu'il y a de plus incompatible avec la nature, tant tous trois sont insupportables. »

Merveilleux nécromant, Sattler évoque ces existences

de violence, de passion, de pensée droite et sans inquiétude : évêques, théologiens, seigneurs, soudards, paysans, tous défilent devant nos yeux. Et pour animer les
visages, Sattler n'oublie point la vie du corps ; comme
il a bien su rendre dans ce couple qui s'enfuit (n° 28)
l'hésitation de la pauvre femme qui abandonne le foyer
et la calme résignation de l'homme qui l'accompagne,
comme il a dit la colère et l'effroi de ce paysan qui vient
de briser une statue de la Vierge, et s'épouvante déjà
de son sacrilège : ici un dos courbé, un pied en arrière,
là un corps plié en deux expriment ce que le visage n'eût
pas assez révélé.

C'est que Sattler est un artiste qui n'estime point inutile de s'attacher aux détails. Dans ses dernières planches et dans la plupart de celles de la Guerre des Paysans, il a délaissé le dessin sommaire, un peu lourd, de
ses premières œuvres pour un trait fin, minutieux, des
études très poussées, et il se trouve que c'est là qu'il se
montre vraiment supérieur. La fameuse synthèse des lignes, dont on use et abuse tant aujourd'hui, pourrait bien
être un procédé à l'usage des gens qui ne savent pas dessiner.

En effet, saisir vaguement le port de tête, l'attitude,
donner ou plutôt suggérer la ressemblance, ce n'est pas
faire une œuvre. Si l'on excepte Daumier et Forain, ces
« synthétiques » ne synthétisent tant que parce qu'ils ne
savent pas analyser. Est-ce que Rops synthétise? est-ce
que Daniel Vierge synthétise? Et les peintres d'autrefois,
Mantegna, Durer, Holbein, est-ce qu'ils se contentaient

d'une ligne rapide, d'une esquisse à peine indiquée ? La physionomie et le corps sont de magnifiques et complexes merveilles qu'il s'agit de voir non pas avec des yeux honteux de censeur, mais avec des regards passionnés d'amant. Le jeu des muscles, la féerie du visage contracté, allongé, animé, immobile, toutes ces chairs qui s'arrondissent ou se tendent, ces veines saillantes ou dissimulées sous la peau, voici ce qu'un peintre ne doit pas se lasser de contempler, sans s'occuper d'ailleurs des « effets troublants » et des « suggestions mystérieuses ». Il faut toujours citer ce trait de Degas qu'une fois on rencontra sans chapeau, courant derrière un cheval : « J'observe le mouvement de la queue », dit-il en riant à quelque profane qui s'étonnait. On voit aussi à Florence dans la Casa Buonarotti des dessins que Michel-Ange faisait à l'époque de ses plus grandes œuvres. Dans sa vieillesse et après tant de triomphes, ce maître admirable ne dédaignait pas d'étudier une main, une jambe, un pied, jugeant que le rêve et la pensée ne perdaient rien pour cela. Un art synthétique tel que le comprennent aujourd'hui nos jeunes peintres, est un art aussi sec, aussi vide et aussi faux que l'est le symbolisme en poésie. Sous prétexte de raffinement, on revient au dessin des enfants et aux sensations des premiers hommes. Des gens qui se croient profonds parlent alors d'idéalisme ; mais l'idéalisme est la philosophie la plus incohérente, puisqu'elle ne peut raisonner sur rien, sans admettre l'opinion adverse : la réalité du monde en soi ; quant à l'idéalisme en peinture, rien ne saurait l'excuser :

la première qualité nécessaire à celui qui prend le pinceau ou le crayon, c'est de s'intéresser aux objets plutôt qu'à ses rêveries, c'est d'être un voyant et non un visionnaire. Pourquoi celui qui ne croit pas aux choses, croirait-il à sa peinture? Mais s'il y croit, il a beau n'estimer que sa pensée, du moment qu'il l'exprime, il affirme par là même sa croyance à des formes existantes, connues des autres hommes, par le moyen desquelles il se révèle à eux. A-t-il donc le droit de modifier ces formes sous je ne sais quel prétexte de décoration ou de pensée? Les lignes ne nous charment pas en elles-mêmes, car rien ne serait plus artistique que les figures d'un traité de géométrie : elles n'agissent sur notre sensibilité que si elles sont la délimitation d'un corps, d'un visage, d'un monument : c'est seulement ainsi qu'elles peuvent être belles esthétiquement, leur harmonieuse disposition signifie alors qu'un être est bien construit pour la vie et nous indique la logique parfaite de son existence. Je ne sais, pour ma part, rien de plus décoratif qu'un beau corps, rien qui me fasse penser davantage qu'une noble physionomie. Les portraits de Van Dyck, celui, par exemple, du duc de Brignole-Sale, au Palais rouge de Gênes, vous causent cette impression de plénitude dans le plaisir que vous donne un large paysage en même temps riche et simple de lignes. La rêverie qui ne s'inspire point de la réalité aboutit toujours au contraire à des œuvres pauvres et compliquées.

Comme les vrais maîtres, c'est par une patiente étude

7

et une observation continuelle que Sattler est arrivé à
nous donner des émotions si profondes. Regardez son
Paysan près de la Mort. Le moribond ne la voit pas s'approcher, il la devine, il la sent. Comment traduire l'expression d'angoisse de cette physionomie à ce moment
d'effarement, d'arrêt qui précède l'épouvante ! Cette
science du visage a permis à Sattler de dessiner ses
extraordinaires batailles, pleines d'un mouvement inouï,
où chaque figure a son caractère spécial, sans que pour
cela soit sacrifiée l'unité de la composition. Je ne vois
personne qui ait rendu comme lui la vie multiple et intense des foules. Ces brutes affolées qui se précipitent
au pillage et au massacre, ce sont bien les sauvages com-
battants que l'historien et l'artiste imaginent d'après les
annales, les soldats de hasard que Munzer enflammait
par ses féroces exhortations :

« Levez-vous et combattez le combat du Seigneur. Il
faut que vous teniez ferme. Sinon, vous recommencerez
à souffrir, je vous le prédis.

« Sus, sus, sus ! pendant que le fer chauffe : que le
glaive tiède de sang n'ait pas le temps de refroidir. Tuez
tout dans la tour : tant que ceux-là vivront, tant qu'ils
règneront sur vous, on ne pourra vous parler de Dieu. »

Je citerai encore le groupe des incendiaires, avec leur
figure si résolue, leurs longues mains de criminels, —
épiant l'occasion de brûler l'église et le château; digne
pendant, pour la force et le caractère, sinon pour le
style, du portrait des Baumgartner de Durer ; et comment oublier ce pendu si douloureux dont le corps se

balance au-dessus de la lourde porte de l'église, sym-
bolisant le meurtre inutile, les vengeances irréfléchies
de la populace. Ce n'est qu'à regret que l'on quitte cette
Guerre des Paysans : elle est d'une si haute valeur d'art
et si féconde en fortes émotions pour ceux qui aiment
à vivre dans le Passé !

Dans la suite exposée aux Champs-Élysées, le dessin
était encore plus ferme, plus énergique, plus serré.
Comme Baldung Grien et Holbein, Sattler s'est complu
cette fois à chanter l'hymne de la Mort : ici des villes en
flammes ; là tout un peuple désespéré va se jeter dans
la mer ; c'est une Mort qui trinque avec un buveur,
c'est une Mort qui passe en courant sur des livres,
trouant et déchirant les feuillets du Savoir. Dans ces sujets, trop lugubres à mon sens, Sattler n'en est pas
moins un très bel artiste. Il a beau représenter la Mort,
sa fougue, sa verve, sa puissance, le mouvement et la
passion que l'on sent dans ses dessins, tout en lui chante
la Vie.

Là, comme ailleurs, Sattler se montre l'héritier des
maîtres allemands du seizième siècle. Mais, à reprendre
l'œuvre du passé, il ne perd rien de sa nature ; il n'é-
touffe point son instinct. Les ancêtres n'ont fait que lui
limiter sa tâche et l'armer pour la remplir. Instruit par
leurs exemples, il peut se montrer audacieux avec assu-
rance et plus aisément innover.

Juillet 1894.

IV

Félicien Rops

Félicien Rops

Dans ce bariolage, cette confusion de toutes choses,
au milieu de tant d'aventuriers d'art et de lettres, combien peu de personnes connaissent l'œuvre, connaissent
même le nom de Félicien Rops! C'est encore un aqua-
fortiste pour amateurs. La curiosité, l'érotomanie, l'ex-
travagance recherchent son œuvre. Le grand public
l'ignore et, avec lui, beaucoup de gens qui ont le goût
des formes belles, jolies, heureuses, ou tout simplement
vivantes. Il ne faut pas craindre pourtant de le dire,
aussi bien à la foule qui ne sait pas qu'aux amateurs
qui croient savoir : Félicien Rops fut au xixᵉ siècle l'un
des cinq ou six hommes de génie qui sentirent et expri-
mèrent avec puissance la splendeur du corps. Je ne lui
vois guère de parenté qu'avec Rubens, et encore ne tient-
il que de lui-même, et de lui seul, tout son art.

Il naquit en 1833, à Namur, de parents flamands. Il
avait aussi, disait-il, du sang hongrois dans les veines.
On voit dans son œuvre l'union de deux races; l'une
ardente, batailleuse, passionnée; l'autre sensuelle, nar-
quoise; les années d'éducation à Bruxelles, de voyage à

travers l'Europe, de lutte à Paris, durent affiner et
affranchir sa riche fantaisie. Je me le représente tel qu'il
était dans sa bouillonnante jeunesse, ainsi que me l'ont
dépeint ses amis, ainsi que l'âge mûr et la vieillesse
même le laissaient deviner. Je le vois arriver d'un pas
vif et décidé, les narines frémissantes, le sourire malicieux, l'œil dur et conquérant, le front magnifique, reje-
tant sa longue chevelure ou relevant sa moustache
avec quelque chose d'un Byron sans hauteur et content
de vivre; félin et viril, séducteur et fort, il a, dans sa
parole, la malice, la bonhomie, la verve, l'abondance,
et toutes ces qualités de causeur si précieuses quand, au
lieu d'être le gaspillage d'une pensée lâche et inféconde.
elles sont, comme chez lui, un superflu de passion, le
déchet d'un travail immense.

D'abord il vécut de plus d'une manière, se prodiguant
en mille aventures. Il fallait l'entendre raconter son
histoire. Légende et réalité s'y mêlaient à plaisir. Il
s'amusait à raconter qu'une fois, en Norwège, une jeune
fille fort jolie, qui avait pour père un évêque, faillit
l'entraîner dans la vie ecclésiastique. L'évêque lui faisait des avances : « Vous serez riche après ma mort. —
Oh! Monseigneur, je m'en voudrais de voir votre mort
dans le contrat. — Vous'aurez comme moi une position très élevée. — Oh! Monseigneur, il fait bien froid
sur les hauteurs. » Malgré les grâces de la jeune fille,
Rops avait fini par fuir amour et mariage, dans la crainte
de l'épiscopat.

Après ces années généreuses où un grand artiste se

donne tout entier au monde pour mieux l'absorber et
le recréer ensuite ; après des courses, des promenades
autour des êtres et des choses ; des amours variées, un
mariage vite suivi d'une séparation, d'ailleurs faite
tranquillement et sans colère, — amicalement pourrait-
on dire, — Rops se trouva attendre l'existence d'un art
qui, jusqu'alors, n'avait été pour lui qu'un plaisir. De
1856 à 1864, dans un petit journal satirique de Bruxelles,
l'*Uylenspiegel*, il donne une suite de lithographies symboliques, caricaturales, ou directement inspirées de la
vie contemporaine, lithographies qui semblent procé-
der tantôt de Daumier, tantôt de Gavarni, mais où l'on
sent plutôt un maître de la même famille qu'un disciple
et un imitateur. Son Juif et son Chrétien, figures avides,
défiantes, inquiètes, penchées sur quelques menues or-
fèvreries, dans une étroite et sordide boutique, son
Barbey d'Aurevilly, joyeux et fantasque comme l'homme
même, sa Folle aux yeux grands ouverts, poursuivie par
des enfants féroces, son « Enterrement au pays vallon »,
d'un trait juste, d'une vérité scrupuleuse, et autrement
poignant que le trop célèbre « Enterrement à Ornans » de
Courbet, tous ces dessins à la fois spirituels et vigoureux eussent dû, sinon le rendre célèbre, au moins lui
donner un rang parmi les artistes. Il était pourtant
absolument inconnu non seulement du public, —
comme je l'ai déjà dit, le grand public l'a toujours
ignoré, — mais encore des artistes et des éditeurs, lorsque Poulet-Malassis le chargea d'illustrer ses réimpres-
sions d'œuvres galantes du xviiie siècle.

Dans cette imagerie de l'Amour il apporte un sens
voluptueux que personne ne semble avoir connu avant
lui. Je ne prétends point ignorer les belles priapées de
Pompéï; de même l'art vénitien, romain du xvie siècle,
n'en déplaise à nos professeurs d'esthétique, n'est qu'un
élan de joie sexuelle; les gouaches emportées de Ray-
mond de La Fage; les gracieuses figures d'Eisen, de Borel,
de Marillier, de Moreau le jeune, les polissonneries en-
luminées de Rowlandson, ou les lithographies de Devé-
ria, toutes ces œuvres-là ont parfois une beauté, le plus
souvent un intérêt d'art; mais la sensualité y est plus
intentionnelle et suggérée que représentée; dans la
caresse, dans l'accouplement même, le corps reste sans
passion, le visage seul est animé; badines ou luxu-
rieuses, elles ne donnent l'idée que d'un simple instinct
satisfait ou d'une amusante risée aux convenances.
Rops, le premier peut-être, a exprimé toutes les vio-
lences du désir sans ombre de préoccupation morale,
sans mettre dans cette peinture autre chose que son
génie plastique.

Pour faire accepter ses eaux-fortes, pour prévenir les
censures hypocrites, par intérêt, par bienveillance ou
par sottise, on l'a singulièrement travesti. Critiques
musqués préposés à un catalogue de commissaire-pri-
seur; critiques distingués qui choisissent l'œuvre d'un
grand peintre comme un thème à de brillantes paraphrases, presque tous ceux qui se sont occupés de
Rops se sont plu à l'abaisser jusqu'à leur goût, jusqu'à
celui de leur clientèle. Il m'a raconté l'unique visite que

lui fit M. Huysmans à la recherche de matériaux pour
son étude de *Certains*. Rops, avec sa courtoisie ordinaire, offrit de montrer toutes les eaux-fortes qu'il avait
en sa possession : « Non, non, répondit M. Huysmans,
Je ne veux voir que les Sataniques. » L'Ermite de Li-
gugé connaissait-il trop bien le reste, était-il décidé à
ne pas revenir sur l'image qu'il s'était faite de l'artiste
avant d'avoir vu son œuvre? on ne sait : les saints ont
leurs voix secrètes.

Des critiques comme celles de M. Huysmans, fausses
de propos délibéré, ont pourtant décidé le jugement du
petit troupeau de Panurge qui s'intéresse aux œuvres
du Maître. Dans certains milieux il est établi que Rops
est le peintre de la Perversité. Perversité! que veut
dire un tel mot appliqué à l'évocation de toute la vie,
des amours rustiques comme de priapées antiques?
Perversité implique une idée d'anti-nature; or, en quoi,
je me le demande, les dessins de Félicien Rops, d'une
si heureuse venue, sont-ils contraires à notre sentiment
de joie et de plaisir? Je sais bien que sa Gynécratie,
cette femme qui chevauche un homme à quatre pattes,
asservi par le désir, je sais aussi que ce cauchemar
effrayant d'une femme qui sent venir la mort au milieu
de ses spasmes voluptueux, je sais que ces eaux-fortes
et quelques autres encore représentent plus la maladie
que la santé; mais ce sont là des exceptions dans l'œuvre de Rops, suffisamment justifiées par son rêve d'é-
voquer la vie entière, et les destructions à côté des
renaissances. Il n'eut jamais d'autre perversité que cette

malice souriante et profonde du génie qui dépouille les formes hypocrites pour contempler et adorer la vérité.

Il avait l'horreur de cette « peinture intellectuelle », dédaigneuse de la forme, et qui prétend s'adresser directement à l'intelligence, et souvent, — avec beaucoup d'esprit — il soutenait ce paradoxe qu'on peut être un imbécile et un grand peintre. Peut-être n'était-ce là qu'une boutade de pécheur converti, qui déteste d'autant plus une faute, qu'il y est jadis tombé. Non pas qu'il y eût réellement contradiction chez Rops, entre le théoricien et l'exécutant; non pas qu'il eût jamais négligé le dessein de ses compositions pour mieux en laisser entrevoir la pensée philosophique, mais il avait subi certaines influences étrangères, et parfois il chargea quelques-unes de ses œuvres d'intentions et de symboles compliqués. On remarque surtout ce manque de simplicité dans les frontipices de livres contemporains : la mort et la vie s'y mêlent étrangement; les callipyges voisinent avec des ossements et des draperies funèbres ; même dans deux eaux fortes admirables : le frontispice des poèmes de Mallarmé et le frontispice des *Diaboliques,* il faut qu'il joigne à sa Chimère, à sa Volupté, à son Porte-lyre, figures élevées, transformées par l'art, mais arrachées à la vie et en gardant tout le frémissement, — un Satan d'Opéra-bouffe et des encadrements macabres d'imagerie romantique.

Ces bizarreries de composition sont le seul vice de son art. Peut-être cet attrape-nigauds était-il nécessaire, sinon à le rendre célèbre, — puisqu'il meurt, cet

homme de génie, comme l'un des quarante mille peintres de France, avec trois paroles de commisération en
guise d'eau bénite, — du moins à le faire connaître des
quelques amateurs disposant du succès. Pour nous, son
réel titre à notre reconnaissance, c'est d'avoir peint si
franchement la passion et, sans autre prétention que
d'évoquer la vie extérieure, d'être allé plus loin que les
sens, justement pour les avoir d'abord rassasiés.

Il n'avait point de types, point de sujets attitrés. On
lui a reproché son goût pour le genre « canaille », pour
une expression provocante du plaisir, pour une volupté
plus commune et libertine que noble et délicate. Il y
aurait lieu de discuter d'abord si la beauté mouvementée
(attirante, libertine, joyeuse), n'est pas aussi ou plus
intéressante que la beauté froide et tranquille des professeurs d'esthétique. La vérité, c'est que Félicien Rops
n'est pas plus canaille que pervers. Il est divers,
mouvementé, sans choix. Il eût voulu représenter le
monde et il dessinait tout ce qu'il pouvait. Ses modèles
d'amoureuses, il les prenait dans les champs ou sur les
grèves, dans la rue ou à l'atelier, pourvu qu'elles fussent jolies, qu'elles eussent au moins de la grâce ou un
caractère de forte vitalité. Il différait en cela double-
ment de la plupart de nos artistes modernes qui peignent
une femme sortie de leur imagination, la répètent à
l'infini, sans avoir plus souci de la variété que de la
beauté. Chez lui, paysannes, mondaines, courtisanes
élégantes ou filles de bouges, que ce soit la grassouil-
lette et naïve enfant des chansons de Collé, ou fille a

pauvre des grandes villes, maigre, nerveuse, aux longues jambes, à la croupe cambrée, ou encore « ses
sœurs de Flandre », comme il les appelle, aux riches
chevelures, au torse et aux reins puissants, toutes ont
leur séduction. C'est qu'il travaillait avec ivresse sans
avoir jamais cette haine, ce mépris, cet acharnement à
enlaidir que montrent tant de peintres modernes. Grâce
à lui, notre xixᵉ siècle qui, si l'on ne considérait que
certaines œuvres, apparaîtrait comme l'époque de la
folie et de la laideur, pourra offrir de belles rêveries aux
générations à venir. Cela n'est pas indifférent. Ne soyons
pas dupes de théories à l'usage de professeurs en veine
d'éloquence ou de rapins en goguette. Comme la beauté
idéale de M. Cousin, la réalité divine de M. Ruskin, la
laideur qui est la beauté, la beauté qui manque de caractère, sont de pures niaiseries pour étonner ou effarer le
public. Si Téniers fait une œuvre intéressante en peignant de vilains buveurs, Paul Véronèse fait certes une
œuvre infiniment plus louable en nous représentant ses
splendides déesses. Il y a des êtres manqués et des êtres
réussis. L'art d'un grand peintre peut bien parvenir à
dissimuler les défauts d'un être, il n'arrive jamais à
l'embellir ; on dira qu'il évoque par contraste la beauté,
mais l'art du peintre consiste moins à évoquer qu'à représenter, car les images fixées sur une toile nous atta-
chent trop violemment pour que nous puissions être
attentifs aux vagues images qu'elles suggèrent (1).

(1) En demandant au peintre qu'il ait souci de la beauté, je n'entends

Les dessins de Rops surtout ne doivent jamais s'évanouir des yeux qui les ont une fois contemplés. Ils sont
si saisissants de vérité, de passion ! Il y a des artistes
qui semblent s'anéantir dans leurs modèles : Holbein,
par exemple; Rops, sans rien changer à ce qu'il a devant
lui, y met son exaltation, sa flamme. Ce sont des êtres
de la réalité, et ce sont aussi ses enfants.

Enfants terribles parfois ! A côté de son mélancolique
Semeur se promenant au milieu de terres rocailleuses,
à côté de ses Laveuses de la Lesse, de ses vieilles et
jeunes Brabançonnes qui échangent, après dîner, leurs
commérages, il y a tels et tels dessins qui ont motivé
ces paroles d'un ministre des Beaux-Arts à l'artiste :
« Je veux vous faire donner la croix, non que votre génie
puisse s'en honorer, mais parce qu'il ne faut pas qu'un
homme comme vous ait affaire à la police. Un fois qu'on

point qu'il adopte cet idéal de mignardise, d'affectation, d'étrangeté, de
rareté dans le choix des types et de l'expression qu'ont mis à la mode
certains préraphaélites et qui, déjà délaissé en peinture, est toujours en
faveur dans les littératures actuelles de l'Italie, de l'Angleterre et de la
France. La Beauté selon nous dans la vie, c'est ce qui est bien construit
pour l'existence; dans l'art, c'est l'alliance d'une réalité heureuse et
d'un génie puissant, amoureux, fier de vivre avec elle. Les paysans repus
de la *Kermesse* de Rubens, les faunes ivres de Jordaens, les loqueteux
et les pouilleux de Murillo, même certains monstres de Goya sont beaux.
Pourquoi le Coupeau et la Nana de M. Zola ne le sont-ils pas? Est-ce
qu'ils ont moins de délicatesse et plus de grossièreté? Nullement. La
délicatesse et la grossièreté n'ont rien à voir ici. Mais c'est que Coupeau
et Nana sont des êtres maladifs et tombés, dont la misère, l'alcool et la
prostitution ont humilié la vie. M. Zola peut les railler, ou avoir pitié
d'eux. Pas un instant, en lisant l'*Assommoir* et *Nana*, nous n'avons l'impression qu'il les *ait aimés*.

vous aura décoré, on n'osera plus vous poursuivre ».
Cette généreuse intervention dont il faut faire honneur,
je crois, à M. Antonin Proust, mit Rops hors de pair,
assura, au moins à Paris, l'indépendance de son inspiration. Qui sait les persécutions qu'il eût pu souffrir,
quand on songe que le musée de Marseille tient son
œuvre sous clefs, et que ses eaux-fortes ont servi, et
servent encore souvent à des autodafés.

Quelques-uns se demanderont, il est vrai, si la luxure
est du domaine de l'art. Question oiseuse en tout autre temps que le nôtre! Il est très admissible que la société chrétienne ait combattu la luxure : elle ne le faisait pas au nom de l'art, mais cherchant à donner au
monde un autre but que la vie, attaquant l'homme dans
ses instincts comme dans ses facultés, elle devait lui
refuser le plaisir aussi bien que l'amour. Notre société,
qui n'a rien gardé du christianisme primitif, où même
les croyants se sont fait une religion toute nouvelle,
devait au contraire, en même temps qu'elle rejetait les
premiers dogmes, se débarrasser aussi de la vieille
morale; il n'en est rien. Non seulement cette morale a
accru sa tyrannie, mais elle est devenue dieu; son empire n'a plus eu de bornes; vous ne pouvez aujourd'hui
tracer une ligne, écrire un mot, sans reconnaître ses
lois.

Une intelligence riche, avide d'idées et de formes
nouvelles, ne se soucie pas de les accepter; elle est né-
cessairement *luxurieuse* (luxuria, abondance), ivre de
concevoir et de faire vivre tout ce qui s'agite en elle et

autour d'elle. En vain le préjugé de notre temps, qui
persiste chez les esprits les plus libérés, lui montre un
antagonisme entre la pensée, l'amour et les sens, comme
si l'énergie vitale n'était pas nécessaire à la puissance
spirituelle ou comme si cette énergie ne devait être
féconde qu'à la condition de se concentrer dans le cer-
veau! A une époque où l'homme est brisé par le travail
et les contraintes sociales, il semble, à une intelligence
de ce genre, que l'artiste érotique, loin d'être un démo-
ralisateur, est bien plutôt un bienfaiteur public lorsqu'il
rappelle l'instinct, le plaisir, la vie des sens, et pousse
vers nous le cri de jouissance de tous les siècles. L'acte
qui renouvelle le monde, inspire toute l'activité humaine,
l'acte qui exalte et charme les hommes, ne lui paraît
pas indigne de l'art. On a beau objecter que l'art ainsi
compris choque la pudeur moderne, elle sait que la pudeur n'est une défense et une séduction que dans l'existence ordinaire, et qu'elle n'a point pour objet de détruire
la beauté naturelle, mais de la ménager pour certaines
fêtes. L'art n'est-il pas une de ces fêtes où tous les voiles
doivent tomber?

Rops pensait que la réalité évoquée par le marbre,
le crayon ou le mot est assez distante de nos sens pour
ne plus les blesser et que les plus timorés, pour peu
qu'ils aient l'instinct de l'art, doivent alors se plaire à la
considérer tout entière. Il voyait une perversion du
goût dans cette horreur que professent certains artistes
pour la franchise et la simplicité. Eut-il tort? Je ne le
crois pas. Si l'amour et le génie ont parfois besoin

                                                    8

d'être enveloppés, à cause de notre égoïsme d'homme, toujours jaloux, et de nos ambitions d'esprit, toujours avides, le plaisir qui s'offre avec ingénuité, — pour quelqu'un qui a des sens, — n'est pas moins séduisant que celui qui se voile et se refuse. Le corps ne réserve-t-il pas mille joies, mille surprises à des yeux intelligents, à des yeux éduqués, qui ne le regardent pas comme l'enveloppe d'une seule âme, mais bien comme une réunion d'âmes diverses, ayant, chacune, leurs particularités charmantes? Et, s'il est permis à un poète d'être un amoureux aveugle, il ne doit pas être refusé, non plus, à un peintre d'aimer avec moins de discrétion.

Dans la voie qu'il suivit, où nul maître ne le précéda, où nul guide ne dirigea sa marche, où il dut se refaire à la fois la vision et la main, Rops demeura cependant fidèle aux vieilles traditions du dessin, qui ne sont pas les règles de la routine, mais le résultat d'expériences variées et géniales. Au risque de scandaliser, en même temps que les moralistes, ces peintres extravagants qui s'imaginent que, pour être un grand homme, il ne faut pas connaître son métier, Rops étudie avec audace la nature, mais sans rejeter l'art qu'il apprit devant les chefs-d'œuvre. Il ne travaillait que d'après le modèle; pas un pli de chair qu'il n'ait caressé des yeux avant de le fixer par le crayon. Mais c'est justement parce qu'il savait très bien le corps au repos qu'on dessine à l'École, qu'il put oser cette représentation ardente et mouvementée. Une langue achevée et affinée

est seule capable d'exprimer des idées nouvelles ; seul
aussi l'ancien dessin précis, délicat, consciencieux,
peut nous faire entrevoir une beauté inconnue. Au lieu
de nous intéresser à des expériences, Rops nous émeut
par ses parfaites réalisations. Avec son art net et décidé, il a eu la rare fortune d'exprimer complètement
ses plus libres, ses plus extraordinaires fantaisies.
Tandis que le rêve d'un Goya, par exemple, demeure
souvent fumeux, inconcevable, tout l'œuvre de Rops
est en pleine lumière. Ses monstres mêmes sont bâtis
pour la vie. Comme les artistes grecs, il avait une
notion si juste de l'équilibre et des formes humaines,
que les êtres inventés ont la réalité des êtres repré-
sentés et se confondent avec eux.

Personne aussi ne veilla plus à l'expression, ne travailla davantage à l'obtenir juste et naturelle. Il voulait que les traits fussent reproduits simplement, d'une
touche alerte, sans surcharge ni sécheresse ; aussi pré-
féra-t-il souvent les procédés du vernis mou à l'eau-
forte qui demande une exécution plus lente et par la
même enlève au graveur quelque peu de son élan pri-
mesautier. Il se mettait au travail avec une sorte de
frayeur, mais, une fois en train, il faisait des prodiges.
Toutes les difficultés dont se moquent les médiocres
artistes à prétentions intellectuelles le préoccupaient.
C'est ainsi qu'il renouvela les procédés du vernis mou
en employant successivement, pour dessiner sur la
planche, plusieurs feuilles d'un grain différent, ce qui
lui permit de donner plus de moelleux, de finesse à

ses figures, et d'en parfaire l'exécution. Il composait
aussi lui-même le papier de ses estampes, sachant
qu'on ne peut être assez minutieux pour illustrer son
art comme pour le préserver. « Toute ma vie je cher-
cherai, je me préoccuperai de la bonne technique, écri-
vait-il... Je ne sais si je ferai quelque chose qui me
plaise... Quant à plaire aux autres, je m'en moque
comme de mes gants de l'an dernier. »

Maître de l'estampe et du crayon, il ne retrouvait plus
lui-même son génie devant les couleurs. Les peintures
qu'il a laissées ne témoignent que d'une grande dexté-
rité. La nature semble alors lui dire : « J'ai été assez
généreuse envers toi; ne me tente plus! » Ami des vio-
lences et des fougues, il devenait, en peignant, presque
timide. Son goût allait aux tonalités discrètes; il aimait
les ciels gris, les eaux brumeuses de Ten Cats.

Peut-être devant ces toiles, subissait-il le charme
d'un souvenir, et se sentait-il rappelé par le pays natal.
Comme Byron, comme Guy de Maupassant, comme
d'autres grands sensuels, il avait souvent besoin de
fuir les villes, de se réfugier au milieu d'une nature
farouche, sans volupté. Il parle un jour avec tendresse,
dans une lettre, « de la pauvre silhouette du pêcheur
en braies rouges, à la marche alourdie par ses bottes
de mer, regagnant son bateau à travers la dune flamande, sous le grand vent d'automne ». Une autre fois,
il salue, de ses cris de passion, la mer natale.

« Ah! la mer du Nord! celle qui vient d'Islande en
roulant dans les sables moirés les changeants satins de

sa robe! Celle-là est un peu ma maîtresse aimée. Quand
j'arrive après de longs départs, j'ouvre les narines au
vent pour aspirer ses senteurs — à Elle! — ses dessous de bras tout pimentés par les varechs, le sel, les
coquillages et les fucus de ses grèves! Il me semble —
et c'est alors que de mystérieux atavismes me font
exulter le cœur, — qu'elle m'a aimé et caressé tout
enfant, et que bien souvent je me suis endormi bercé
par ses chants qui, comme les malaguenas d'Andalousie,
ressemblent à des plaintes, et à travers lesquelles je
perçois la voix des aïeux (1). »

Son art était comme l'élixir de sa multiple existence.
Jamais, mieux qu'en le voyant, je ne me suis figuré les
maîtres de la Renaissance italienne dont l'activité
prenait mille formes. Il était homme des villes aussi
bien que des champs, en harmonie avec toutes choses,
alliant des goûts calmes et modestes à des passions
ardentes, raffinées, et toujours conduit par l'esprit le
plus varié, le plus fantasque qui fut jamais; jardinier
artiste à Corbeil, pêcheur infatigable à la Guymorais,
causeur plein de gaieté à Paris, mêlant l'art et les
affaires, employant des ruses de paysan normand, des
séductions de courtisane, des mots de génie pour décider l'amateur indifférent ou réfractaire, puis, tout à
coup, pris d'une générosité ou d'un mépris subit,
abandonnant un gain difficile à la troupe d'hommes

(1) Lettre citée dans l'excellente étude d'Eugène Demolder. Consulter
sur Rops les catalogues Ramiro (Conquet 1887, 1891, 1894; Floury 1895 et
Bernheim 1898. L'*Eau-forte* par Auguste Delatre, 1887. La *Plume* 1896.

de proie qui rôdent autour des artistes quelque peu
fortunés, pour se sauver dans l'amour, dans de nouveaux travaux, dans cette vie qui l'enivra jusqu'à la fin,
dont il sentait tout, dont il ne voulait rien rejeter.

Il laisse un œuvre immense, encore qu'il n'ait point
fait tout ce qu'il voulait. Il avait rêvé d'illustrer Alfred
de Musset, les *Iambes* d'Auguste Barbier. On songe
avec une sorte de vertige à ce commentaire du poète de
l'Amour par le peintre de la Luxure. Pour Rops, l'œuvre
écrite n'était qu'un tremplin à la fantaisie la plus origi-
nale, la plus affranchie. Ses frontispices des éditions de
Poulet-Malassis et ses illustrations de *Zadig* l'ont bien
prouvé. Il ne voyait dans les *Iambes* ni emphase, ni
rhétorique; ces vers évoquaient pour lui un monde
d'images superbes que lui suggérait son imagination
bien plutôt que le génie du poète. Ainsi « La Liberté
n'est point une comtesse du noble faubourg Saint-
Germain... ». et tout ce morceau lui inspiraient quelque
radieuse vision dont il nous faisait part et qui fût devenue, en se précisant, un dessin admirable où toute
l'énergie, la beauté forte d'une femme du peuple de
Paris eût été rendue et presque divinisée.

Les exigences d'un éditeur, qui prétendait diriger son
travail, l'empêchèrent de donner suite à son premier
projet; le second fut combattu par la maladie à laquelle
vinrent s'unir les tendresses et les tyrannies d'une chère
sollicitude.

Don Juan ne s'était pas retiré dans un couvent, mais
les liens qu'il nouait et dénouait si aisément jadis l'en-

laçaient et le retenaient depuis quelques années. A cette
vie d'aventures, de voyage et de travail, usée par l'action, une affection inquiète avait imposé le repos, l'oi-
siveté, dans l'espoir de la prolonger encore. Hélas !
pour un tel artiste, ne plus peindre, ne plus dessiner,
est-ce bien vivre ? Tant de soins ne le défendirent point
contre la fatale Visiteuse. Elle vint nous l'enlever peu à
peu, alors que nous nous obstinions encore à attendre des
chefs-d'œuvre, mais ceux que laisse le Maître suffisent
à glorifier son nom : ils sont trop nombreux et en trop
de mains pieuses pour que la persécution de nos petits
prédicateurs d'austérité puisse les atteindre : ils sur-
vivront à leurs fantômes et à leurs morales, immortels
comme tout ce qui vient simplement de la nature et con-
court à la joie humaine.

Septembre 1898.

Henri Detouche a publié dans *la Vogue* (février 1899) une très
curieuse étude sur Félicien Rops, pleine d'anecdotes caractéristiques, de remarques fines et d'impressions délicates.

Nous en détachons cette page :

« Quand il vous décrivait quelqu'un de ses contemporains,
dit Henri Detouche, son œil noir d'une fixité étrange, qui contenait comme un reflet d'or des soleils couchants, prenait quelque
chose d'inquiétant, ses narines se dilataient démesurément et ses
mains tenaces, très personnelles, prématurément âgées, en avance
sur le restant du corps, se contractaient, la paume en dessus, dans
une étreinte imaginaire, elles devenaient des griffes...

« Rops fit le pari un jour sur la plage d'Ostende devant plusieurs artistes de dire infailliblement la nationalité des baigneuses suivant les complaisances ou les trahisons des costumes. Les vérifications furent faites par les intéressés et confirmèrent les prévisions

« Je revois l'artiste en posture de travail, devant son pupitre, le regard abrité par sa visière verte qu'il portait d'ordinaire dans l'étude. Il ne trahit sa pensée intime que par l'extension énigmatique de sa bouche et la dilatation des narines. C'est le bon diable des foyer — Dieu s'est bien fait homme, Satan a bien pu se faire Rops, imitation belge... Je le revois aussi dans l'intimité de sa demeure, dans l'enchantement du domaine de la demi-lune. Malgré l'incognito, des braves gens du pays se doutaient, on ne sait comment, des prodigieuses facultés créatrices du maître, car certain jour, l'un d'eux l'avait dénoncé à voix basse et d'un air entendu, *comme un monsieur qui faisait des amphibies*. Certes jamais ce rustre n'avait feuilleté aucun carton qui pût lui révéler quoi que ce fût, mais n'importe, les malins soupçonnaient l'artiste sorcier de faire des œuvres peu communes. »

Rops aimait et cherchait à produire l'impression d'un Méphistophélès. Il était d'ailleurs rusé, madré, très sarcastique, mais au fond n'avait nullement ce satanisme qu'on lui a prêté. Très spirituel, observateur malicieux et profond, il n'en montrait pas moins souvent de la naïveté dans ses ruses, du « gobage » dans ses admirations, de l'enfantillage dans ses amours. Pour bien le comprendre il faut se le représenter, en art comme dans la vie, tel qu'un mâle subtil et puissant dont la première jeunesse a été plus occupée par les voyages, le travail, un mariage quelque peu sévère, que par les plaisirs charnels. Il ne put donner toute sa fougue qu'assez tard. C'est un satyre magnifiquement simple et joyeux, lancé tout à coup vers la quarantaine, après une vie plutôt calme, au milieu des plaisirs et des affaires d une grande ville, travesti un instant au goût du jour, mais redevenant vite lui-même, « un bon Gaulois, gauloisant en païs d'infidèles ».

V

Correspondance
de Félicien Rops avec M. H.

Correspondance
de Félicien Rops avec M. H.

La correspondance de Félicien Rops n'est pas un
modèle de style académique, mais c'est l'expression
d'une des âmes les plus puissantes de ce temps, intelligente à la fois et sensuelle. Il m'a semblé que ces
lettres, écrites au courant de la plume, ont une belle
allure humaine, j'ai conservé même quelques billets
futiles en eux-mêmes, mais qui ajoutent un geste
à l'artiste et, par là même, ne sont pas insignifiants.
Ces vifs enthousiasmes, ces jugements qui parfois se
contredisent, mais toujours intéressants dans leur sincérité, ce reflet d'une époque, ces souvenirs chauds de
caresses, ces conseils, ces rêveries, ces paysages, ces
petits tableaux, ces boutades, ces confidences sur l'œuvre à faire et le gain d'un travail, tout cela nous fait
vivre un homme, et rien n'est plus doux et mélancolique
en même temps.

Il y a une singulière diversité dans ces lettres bien qu'elles soient l'œuvre d'un artiste de race énergique dont les traits, fortement accusés, ne se transforment guère, mais si le caractère de l'homme ne change pas, rien n'est variable comme sa sensualité.

On trouve aussi, à la fin de cette correspondance, toute une petite comédie. Rops, grand producteur, a entrepris de décider à un travail suivi un de ses amis, charmant homme, auteur de quelques pages exquises, mais aimant la fantaisie et le vagabondage, ayant ce goût, qu'avait un peu notre La Fontaine, de s'amuser à observer, à prendre des notes pour lui-même plutôt qu'à composer une œuvre. Ces avertissements d'année en année et qui durent dix ans, sont écrits dans tous les tons, flatteurs ou sévères, satiriques ou encourageants : ils ne s'arrêtent pas. Peut-être ne sont-ils pas absolument désintéressés, peut-être Rops cède-t-il à l'envie d'être mora liste au moins une fois : en tout cas ces lettres, malgré leurs incessantes répétitions sont fort amusantes, et elles nous renseignent utilement sur les luttes et les misères de la vie littéraire à la fin du xixe siècle.

Les lettres amoureuses que nous donnons, ardentes, passionnées, d'une heureuse sensualité, parfois naïves, toujours simples, détruisent la légende niaise de la perversité de Rops. Le maître a toujours eu, jusqu'à la maladie qui l'emporta, cette belle robustesse du corps et cette belle santé de l'esprit qui ne fait pas les artistes, mais sans laquelle, à mon sens, il ne peut y avoir de grand art.

Ces images de plaisir, déjà anciennes, bien que les plus éloignées datent à peine de trente ans, vous donnent l'impression de ces promenades pompéiennes dans la ville funèbre, où le soleil, certains soirs de mai, a des caresses si tendres pour les tombes et pour ces seuils riants où passaient furtivement jadis les amoureuses. O chants légers, éclat des peaux et lumière des cheveux, musique des danses, des rires et des baisers, il semble que les villes en ruines, et les feuillets des vieilles lettres ont gardé quelque chose de vous! Quels parfums vous pénètrent encore, écroulements de pierres, papiers jaunis! que nos sens défaillent de regret en vous respirant — comme si les générations avaient en vous exhalé trop d'amour, de fièvre et de jouissance, comme si l'âme d'un seul homme était trop faible pour supporter le trésor d'images et d'idées dont les morts vous ont abandonné l'héritage!

Car il faut qu'on ... ...

... il des femmes à Weith ?

... savoir cela à nous deux.

Paris — 19 août

Ah ! Cette [illegible] d'une simple [illegible]...

~~Mon Cher Vieux~~

[illegible] avons [illegible], la bonne Gaîté du G^d Père Rops qui [illegible] podagre [illegible] quelques jours-ci, que l'attente [illegible] gravure et dessins ! Comme il ne me plait plus qu'elle revienne, la susdite Gaîté, je vais [illegible] ou plutôt me remettre à l'[illegible] et à l'escrime ! Car il faut qu'on s'en souvienne.

Rien n'est impossible à ceux
Qui se défendent chez eux
Contre une habitude ancienne...
Et c'est-à-dire la volonté
Qui [illegible] à la Santé.

Voilà ! J'ai été voyager dans le Bocage, en Vendée... Puis dans la Basse Bretagne avec Gauguin — Quels peintres [illegible] ! — J'ai [illegible] des peintres qui [illegible] avec les [illegible] et les [illegible] [illegible] Bretagne [illegible] yeux blancs ! — J'ai [illegible] deux [illegible] de cette Scandinavie [illegible] sous les [illegible] de l'Île [illegible] les femmes [illegible] dans d'autres planètes, — J'ai mangé du renne avec les Lapons et bu de l'eau de vie de saumon avec des Esquimaux qui avaient leurs yeux peints...

voir, les yeux de neige, [illegible] blancheurs [illegible] — mais pour N. Dame de Roscoff je n'ai jamais rien vu de plus curieux que les Bas Bretons de cette [illegible] ! — A son [illegible] [illegible] chevaux qui [illegible] la bandes, les [illegible] et des Islandais et des gallois [illegible] l'autel, gagnant la [illegible] [illegible] à genoux et à regarder quand [illegible] à la [illegible] de son [illegible] je [illegible] rapporté deux [illegible] que je te montrerai qui sont d'un bon [illegible].

Je viens d'écrire un mot à Charpentier pour tes croquis. [illegible] [illegible] le 1er septembre je pars pour la Belgique. Je prendrai [illegible] les croquis de tes [illegible] [illegible] [illegible] Je suis [illegible] dans une bonne veine de travail et je veux faire des études de mer à [illegible] à [illegible] et à [illegible] [illegible] [illegible] Hôtel [illegible] [illegible] Hollande [illegible] [illegible] [illegible] de ma vie, et [illegible] je ne connais en peinture. — [illegible] [illegible] que je ne [illegible].

— Réponds à Tatin — Et dis-moi ce que deviennent nos amis [illegible] de tout cœur ! [illegible] quelques lignes. Je [illegible] les fêtes de Bruxelles. J'ai horreur de [illegible] les réjouissances officielles, je n'aime que la gaîté improvisée. — Que devient Edmond ? — [illegible] à la rue Lalo [illegible] j'étais à [illegible] j'étais [illegible] et [illegible] devant [illegible] Théodore [illegible] un peu [illegible] — A propos d'[illegible] Théodore, je lui ai fait un frontispice bien amusant, je t'en enverrai une épreuve dans la prochaine lettre.

— Bon [illegible] article de la Vie Moderne [illegible] et [illegible] — [illegible] de [illegible] [illegible] à la gravure [illegible], [illegible]

[illegible] nos croquis [illegible] dans lesquels je me trouvais. [illegible] me fera encore une demande [illegible], je lui porterai les [illegible] les plus jolies.

Car je n'aurai plus la gaîté !

Car il faut qu'on s'en souvienne

[illegible] [illegible] de femmes à [illegible] ? [illegible] pour cela à nous deux.

[illegible] [illegible]

Fély

Paris — 19 août

I

Mars 1872.

Mon cher Monsieur,

Il y a deux mois que votre lettre me cherche dans toutes les dunes de la Zélande, à travers toutes les bourgades du Zuyderzée, sous le pont des koffs de pêche, et au beau milieu des Musicos; elle vient enfin de me rattraper ici dans ce hameau perdu de la côte flamande. Il faut que cette lettre ait un flair de chien de chasse pour venir me retrouver à Knocke, où jamais, depuis vingt ans, un post-meester n'a mis les pieds. Je suis très franchement heureux que l'*Enterrement au pays wallon* vous ait plu; votre bonne lettre est pour moi un bienveillant encouragement, et je vous avouerai que je suis toujours flatté au possible par les éloges des personnes dont le talent et le visage me sont sympathiques. Je crois que les vrais artistes comme les vrais écrivains travaillent surtout pour avoir l'approbation de quelques esprits avec lesquels ils se sentent en communion d'idées. Je vous assure que dans l'*Enterrement* rien n'est chargé. Je suis plutôt resté au-dessous de la lugu-

bre vérité de la chose. Je ne sais, du reste, peindre
qu'entièrement d'après nature. Je tâche tout bêtement
et tout simplement de rendre ce que je sens avec mes
nerfs et ce que je vois avec mes yeux ; c'est là toute ma
théorie artistique, et je tâche de la mettre en pratique,
ce que je trouve déjà diablement difficile pour moi.

Je n'ai pas encore de talent, j'en aurai peut-être à
force de volonté et de patience. — J'ai encore un autre
entêtement, c'est celui de vouloir peindre des scènes et
des types de ce dix-neuvième siècle, que je trouve très
curieux et très intéressant ; les femmes y sont aussi
belles qu'à n'importe quelle époque, et les hommes sont
toujours les mêmes : ce n'est pas la perruque de Louis XIV
qui fait les comédies de Molière. De plus, l'amour des
jouissances brutales, les préoccupations d'argent, les
intérêts mesquins ont collé sur la plupart des faces de
nos contemporains le masque sinistre où « l'instinct de
la perversité » dont parle Edgar Poe se lit en lettres
majuscules ; tout cela me semble assez amusant et assez
caractérisé pour que les artistes de bonne volonté tâ-
chent de rendre la physionomie de leur temps.

Vous me demandez, mon cher monsieur, où l'on peut
trouver mes œuvres préférées. Hélas ! je vous avouerai que, tout en ayant beaucoup dessiné, lithographié,
aquaforté, mes pauvres œuvres sont allées je ne sais où,
faisant, du reste, très peu la fortune des éditeurs flamands
et hollandais qui avaient eu la triste inspiration de vouloir me publier. C'est pour cela que je me suis résolu à
aller demander à Paris l'adoption artistique ; je m'en

trouve déjà mieux, puisque quelques esprits distingués comme le vôtre ont bien voulu trouver bien ce que j'ai fait.

Ne croyez pas cependant que je me plaigne de mon peu de succès : j'ai vingt-huit ans (1); mes études universitaires m'ont pris du temps, et l'on n'arrive pas à condenser sa pensée lorsqu'on est au maillot. Je m'en console en pensant gravement que le chêne aussi a la croissance laborieuse, mais que ses branches épaisses, alourdies, durcies par une sève patiente, résistent à tous les vents, que les pivots de fer de ses racines trouent les roches et pénètrent vigoureusement dans le tuf, impénétrable aux faibles! C'est ainsi que mon propre orgueil verse du baume sur les blessures de mon amour-propre.

Si vous avez vécu à Bruges, dans cette vieille Venise du Nord qui n'est plus qu'un splendide tombeau, où les palais gothiques regardent tristement les nénuphars fleuris dans les bassins où cent navires venaient s'amarrer à la fois, où les vieilles femmes, laides et jaunes figures d'Hemling, rampent le long des quais déserts comme si elles étaient les pleureuses de ce grand passé, vous comprendrez, mon cher monsieur, le profond étonnement qui s'est emparé de moi lorsque je me suis trouvé face à face avec ce produit formidablement étrange qui s'appelle une « fille parisienne ». M. Prud-homme rencontrant au coin du boulevard la Vénus Hot-

_____

(1) Rops en avait alors trente-neuf.

tentote en costume national serait moins ébahi que je ne l'ai été devant cet incroyable composé de carton, de taffetas, de nerfs et de poudre de riz. Aussi, comme je les aime! J'arrache au hasard deux ou trois feuillets de mon album pour vous montrer que je n'ai pas perdu mon temps là-bas. J'ai une centaine de « *Rosières du Diable* », que je compte faire paraître cet hiver. Ne faites pas, je vous prie, grande attention à ces croquis, happés au passage et au galop, et disséminés dans les coins des salles de bal. Je remporte d'ici près de deux cents études flamandes et hollandaises. Je dessinerai avec.le même bonheur les grands yeux maquillés des Parisiennes et la chair bénie et plantureuse de mes sœurs de Flandre. Je vous ferai voir mes « Zélandaises ». De l'alliance de l'Espagne et de la Flandre, de ce mariage de la neige et du soleil est né l'un des plus beaux produits humains. Rubens le savait bien, lui! Elles sont belles, simples, ardentes; elles ont une simplicité de mouvement d'une grandeur épique; elles vous font venir à la pensée les paroles de Barbey d'Aurevilly : « L'épique est possible dans tous les sujets, qu'il chante le combat à coups de bâton d'un bouvier dans un cabaret, ou la rêverie d'une buandière battant son linge au bord du lavoir! et cela sans avoir besoin de l'histoire, quand ce bouvier inconnu ne serait pas le Rob-Roy de Walter Scott, et cette buandière ignorée la Nausicaa du vieil Homère. Il ne s'agit que de frapper juste toute pierre, si salie qu'elle soit dans les ornières de la vie, pour en faire jaillir le feu sacré; seulement,

pour frapper ce coup juste, il faut la suprême adresse
de l'instinct, qui est le génie, ou l'adresse de seconde
main de l'expérience, qui est du talent plus ou moins
cultivé. »

Ne pouvant avoir l'adresse du génie, nous tâcherons
de nous mettre au second rang de ces esprits « frap-
peurs » ; mais, mon cher monsieur, que de lithographies,
que de tableaux, que d'eaux-fortes, que de dessins il faudra faire, grands dieux !

A bientôt donc, et merci encore une fois pour vos
bonnes paroles et la bonne pensée que vous avez eue de
m'écrire. Nous nous retrouverons cet hiver à Paris,
où je vais commencer mon chemin de la croix artistique.
Si je pouvais ne tomber que trois fois !

Je vous serre la main bien cordialement.

Félicien Rops.

II

1872.

Cher, si logiez chez Henry de France, cette lettre irait
vous trouver au sol du lys. — Cet idiotisme m'a fait sourire en m'éveillant dans les bras de la blanche et blonde
Albion. Elle revient d'Irlande, du fond des montagnes
de Caran-Tual, c'est ça qui est flatteur pour un homme,
dirait Girou! Elle avait dans ses cheveux l'odeur des
brises salines de la verte Érin. Elle est toujours ou brû-
lante ou glacée. Elle veut que j'aille habiter avec elle au
lac de Kilarney où elle a loué un chalet couronné de
houblons comme un druide, et elle vous dit des choses
énormes, simplement, en boutonnant les 42 boutons de
ses gants d'amazone. Je crois que je finirai par la cra-
vacher si elle ne rentre pas dans les proses admises par
M. Scribe de l'Académie Française (merde, dirait
Glatigny). Mais ce n'est pas tout. Je serai à 5 h. au
Globe. Il serait bien charmant de vous y rencontrer.

FÉLY.

III

Ce jeudi d'octobre 1872.

Mon cher ami.

Savez-vous que je suis resté huit jours à Acooz, pour-traicturant tout ce qui me tombait sous les sens depuis les vieux chênes jusqu'aux jolies meschines en passant par les chiens et le jardinier. J'arriverai samedi à Bruxelles. Je ne serai pas libre le soir à partir de huit heures ce samedi-là : il y a une petite dame blonde comme un écu neuf qui désire avoir une opinion sur la rondeur de sa jambe. On ne peut guère refuser ces choses-là quand on est un artiste mâle ; il faut bien avoir la politesse de son sexe et de son art !

Je l'ai rencontrée dans une villa romaine découverte la veille. J'avais bu colossalement, trop bu du Romanée 58 qui me faisait regarder les peupliers par-dessus leurs cimes et les clochers par-dessus leurs coqs. Je me chantais à moi-même des choses inconnues et charmantes en des dialectes créés par les circonstances. J'arrive dans les ruines où je croyais trouver quelque Haghemans (1) ou

(1) Député et archéologue belge.

quelque Théodore Juste (1), flairant les débris, je vois à fleur de terre une petite demoiselle blonde et bleue qui me sourit en me demandant :

— C'est vous, n'est-ce pas, qui êtes monsieur Octave ?

— Je le suis, le fus ou le dois être, madame, lui répondis-je sous l'impression romanienne 58. Seulement, pour le moment, je m'appelle Quintus Flavius et je suis *ceinturion*, officier romain chargé d'ôter les ceintures aux demoiselles blondes !

— Je ne porte jamais de ceinture, monsieur !

— Comme moi ! Unissons nos cœurs. Si nous nous entendions pour repeupler les villes !

Nous nous entendons. C'est une institutrice « en rupture de bancs » qui cherche une place, et vient du château du village. J'ai vu sa jambe ronde, comme dit la romance, et je vais la retrouver à Bruxelles.

Elle est jolie comme un Fragonard et elle a des mouches jusque dans le dos. Dix-huit ans ! Que demander de plus aux dieux ! Et voilà comment, à force d'avoir des rendez-vous dans les ruines des villas romaines de Gerpinnes, je suis resté un temps infini à Acooz. Oh ! l'archéologie !

Nous pourrions partir le 12 pour Blankenberghe. Cela vous va-t-il ?

Faites parvenir tout de suite la lettre à Lemonnier, n'est-ce pas ?

FÉLY.

_____

(1) Historien belge.

IV

Fragments :

Passé la journée avec elle hier. Je suis ivre de blondeurs. Il me semble que j'ai embrassé Mlle Printemps. O la jolie journée pleine de rayons et qu'elle était bien noyée dans ses cheveux. J'en ai fait un joli croquis pour mes vieux jours.

Je suis à Bruxelles et à Auxonne. Il ne fait pas bon vivre à Bruxelles, ville froide, égoïste et sans flamme. Dubois s'y noiera comme une grosse mouche brillante dans un pot d'huile. Je nie que Paris soit plus cher comme vie que Bruxelles. Au contraire! Il y a de « belles institutrices » ici, mais nous ne vivons pas avec de belles institutrices. En septembre, j'irai à Paris. Edmond ira en octobre. Je t'écrirai. A toi.

Impressions d'un estaminet wallon :

1. Un chat, animal philosophique qui me fait l'effet de représenter la partie intelligente de la maison. Se doutant que je le préfère à l'homme, que j'ai conscience de sa valeur et de sa supériorité morale et me demandant avec son œil rond : « Qu'est-ce que tu viens fiche ici, toi? »

2. Un objet bizarre encadré. Colorations qui rappellent les îles Marquises. C'est brodé, et cela représente : une demoiselle qui offre à une dame une paire de pantoufles rouges avec des pavots jaunes. La dame tend les bras vers la paire de pantoufles avec une émotion bien rendue par l'auteur. Le tout se dramatise par la présence d'un chat monstre plus gros et plus joli que la dame, et qui regarde la scène de famille avec des yeux de perles rouges, yeux qui auraient fait pleurer de joie notre vieux Baudelaire. Et dessous : *Don d'amitié*, et plus bas : *Fait par moi : Céline Gauguin, 1818*.

3. Un portrait de Louise-Marie, reine des Belges, lithographié par Bourguet. Petit portrait touchant, charmant et sentimental au possible avec sa toilette surannée. Bonne petite honnête femme qui a bien dû s'embêter près de ce vieux Cobourg. Le petit portrait fait penser à cette cour de Louis-Philippe à Neuilly où Musset allait jouer aux barres avec elle et la petite princesse Marie qui sculptait des Jeanne d'Arc.

4. La fille de la maison. Hanche haute et opulente. L'œil vaniteux, la poitrine à son poste et qui ne ferait pas

mal dans les blés au soleil de juin, à l'heure où l'on
pense à sa maîtresse qui a le nez rose et à Charles
Jacques qui a le nez rouge. Elle vient de me servir un
demi de piquette et j'ai remarqué qu'elle a le geste grand
comme dans la Bible.

V

Billets :

Mon cher H., prévenez, je vous prie, Émile que je ne peux le voir que demain vendredi à 7 heures et demie du soir chez toi. Si vous pouvez passer dans l'après-midi et m'apporter quelques sols en trop sur les billets payés, vous me ferez plaisir.

L'omnibus vous tend les bras au bout de la rue Souveraine et je ne puis sortir, j'ai un pied très mal hypothéqué. J'ai cru avoir le charbon : ma jambe a grossi comme un sénateur sous l'influence d'une piqûre de mouche, et maintenant je me lamente dans la solitude. *De profundis clamavi!*

———

Secouez cette paresse adipeuse, être vil, et venez à l'atelier réparer vos fautes. J'y serai demain de 9 à 2.

Levate, levez-vous!

Quel coureur de ruelles, de rues et de rut, vous faites, petit bordouiller que vous êtes!

———

Fais-moi le plaisir de me dire si *oui ou non* tu as reçu
une lettre fort longue de moi, il y a bientôt cinq semaines.
Je te serre la main. Amitiés aux amis.

Félicien Rops.

Si tu vas à Bruxelles, fais-moi le plaisir d'aller chez
Tarlemans voir une peinture de moi : l'*Attrapade,* que
Gouzien vient de vendre à l'avocat Picard.

Mon vieux,

C'est bien dommage que tu ne sois pas venu hier, je
crois qu'il en serait résulté des choses bien avantageuses
pour toi. Je voulais te faire dîner avec un Monsieur qui
achète des romans pour les faire traduire dans toutes
les langues.

A toi,

F. R.

Je te bisse ma lettre parce que je ne suis pas certain
que la dame à laquelle j'ai confié celle de ce matin la
mette à la poste en temps utile. Donc viens quand tu
veux, mais ne tarde pas, parce que je n'ai plus guère
qu'une dizaine de jours à passer ici, devant être le 15 à

Paris. Je te disais qu'à part une nourriture très légumi-
neuse rien n'était changé ici : fruits en abondance, quié-
tude d'esprit. J'ai fait venir de Bourgogne à ton inten-
tion un petit vin rouge de « Solutré » (où on a retrouvé
le plus vieux squelette d'homme primitif). Ton lit est
déjà dressé dans le chalet-atelier. Prends du travail,
car je travaille d'arrache-pied, comme toujours. Si tu le
peux, prends le train de 9 h. 40, gare de Lyon, mardi. Je
suppose que tu trouveras les 2 fr. 50 nécessaires avec lesquels tu m'arriveras, omnibus de Paris compris. Prie
de Roddaz de te les avancer. Je les lui rembourserai à
mon retour à Paris. Sans cela nous allons encore perdre
deux jours en échange de correspondances, et je te le
dis : « les beaux jours sont courts », comme dit la chanson tant aimée des peintres en bâtiments parisiens. Donc
il faut que tu viennes *demain matin*. Prends le train pour
Moulin-Galant. Il fait beau. *Carpe diem!*

   A toi,

         Félix.

Au fait, je t'envoie 2 fr. 50 en timbres-poste pour faci-
liter les transactions.

          Le 30 avril 1752.

  Monsieur et cher ami,

  Je serai tout l'après-midi à mon atelier. Veuillez m'y

joindre si l'aimable Corinne dont vous êtes le sujet le permet d'aventure. Nous y boirons une nouvelle liqueur très à la mode et qu'il commence à être de bon ton de boire avant le dîner ou la collation. On la nomme caffé. M. Arouet en dit grand bien comme digestive et expectorante.

Monsieur et cher ami, je vous envoie le témoignage de mon affection,

Félicien Rops,

peintre de son Altesse Monseigneur
le régent des Païs-Bas.

Mon cher ami,

Je serai en votre hôtellerie devers midi. Attendez-moi cejourd'hui pour l'amour de notre belle. Je vous narrerai joyeux devis et moult proupos de haulte graisse à faire esclaffer de rire une bande de sorcières et de malingreux.

Que votre patron vous garde.

Votre bon compaignon, tailleur d'images
à l'enseigne du Chat qui Pelotte.

Je passe mes journées chez le duc de B... à lui illustrer ses armoiries sur fond d'or, et je n'ai pas le sou.

La goutte me revient : c'est pas gai, pape geai, pagaie! J'ai aujourd'hui une monomanie et une verbomanie de mots répétaillés, qui me trottent dans la tête, ce qui est aussi agaçant pour moi que pour les autres. C'est un des symptômes de la maladie. Vrai! je ne suis pas bien et j'ai un fonds d'embêtement.

1873.

Paris est bien joli à cette heure : le Mirliton a ouvert son *exposition des délicats* où il y a de beaux Besnard et de beaux Duez. J'ai été aux Variétés voir le *Grand Casimir*. C'est bien fait et très drôle, d'une bonne drôlerie à l'éclat de rire vrai.

Paris me ravit et mon œil de modernisant suit amoureusement sous les balayeuses du jupon le museau noir des petits souliers qu'on ne voit qu'ici!

VI

1874.

Mon vieux,

Paris est toujours le pays de cocagne. Seulement ce
n'est pas au déboutonné de vos guêtres que l'on va
vous offrir des millions sur des plats d'argent. On
gagne ici beaucoup d'argent quand on est un peu lancé.
Moi je n'ai pas à me plaindre, mais je dois bien ménager la situation *qui est fort belle*, et ne pas faire
d'imprudence. Une de ces imprudences, mon cher ami,
serait, par exemple, de dessiner d'une façon régulière
dans n'importe quel illustré. Mon pauvre ami Vierge ne
fait que geindre des travaux qu'on lui fait faire au *Monde
illustré*. Ici il n'y a pas de milieu : ou vous tombez dans
les illustrateurs de journaux qui donnent leurs dessins
pour 50 ou 100 francs, ou vous êtes classé parmi les
peintres, et l'on vous paie quatre fois ce que l'on paie
aux autres. Et puis, dans ce métier, souvent on y reste
jusqu'au cou ; on met un petit doigt dans l'engrenage et
le corps y passe. Je connais ce jeu-là. Et puis pourquoi ? La *Vie parisienne* est très peu vue et très peu lue
ici. Elle vit avec sa réputation de province et ne se donne
même plus la peine de changer ses petites histoires qui

restent les mêmes que sous l'Empire, lorsque c'est tout
un autre monde! Marcelin est devenu un vieux rabâ-
cheur. Il y a ici bien d'autres mouvements; seulement
quand on est resté éloigné de Paris, il faut un temps
pour se remettre au courant de tout, des sociétés, des
salons, des modes, des coteries, des petites églises, des
ateliers nouveaux. On ne reprend pas son Paris en un
mois. Et cependant j'ai été flatté et étonné de ce qu'on
m'y connaissait fort et uniquement par ce que j'y avais
fait il y a huit ou dix ans. Ce que l'on fait à Bruxelles ne
compte pas (en tant que réputation bien entendu, et je
parle de réputation européenne). Personne ne connaît
Baron, à peine Verwée, et encore bien faiblement. Dubois n'existe pas. On ne sait qui c'est! Meunier et les
autres de même! Ils auraient fait ici ce qu'ils ont fait,
qu'ils auraient une vraie réputation. Tout le monde connaît à Bruxelles Manet et les autres. C'est le grand
avantage de Paris, et voilà pourquoi j'y viens et pourquoi j'y resterai, sans préjudice de Bruxelles, bien entendu. Je compte passer deux mois ici et deux mois à
Bruxelles. Je ferai la navette. J'aurai des passes pour la
Belgique par Edmond, auquel je donnerai en échange
des dessins. J'ai maintenant mon outillage en double, de
sorte que je ne suis gêné en rien. Artan vient occuper
avec moi l'appartement et l'atelier de la rue du Bac.
C'est la seule façon dont il puisse s'en tirer et il s'en
tirera. Son talent paraissait aux Parisiens trop morne
et trop triste. Maintenant il s'est retourné et fait des
choses très vibrantes.

Qui je vois? Tout un monde drôle : je dîne et je dé-
jeune souvent au café Larochefoucauld où je trouve
Dupray, Degas, Gervex, Jourdain, Cormon, Duez, un
tas de jeunes. Quelquefois, au café Guerbois, boulevard
de Clichy. Là c'est Manet, Salmson, un médecin avec
lequel je parle Dalécarlie. Louis Verwée, Richter
Hepp, Babou, etc. Je vais chez Hugo et à l'ambassade
belge par le secrétaire d'Ursel, chez Mathyssens, —
un salon belge, — chez Blanc, etc. Asnières et Argen-
teuil sont des paradis verts et l'île de la Grande-Jatte
un Éden, monsieur!

Ma goutte m'embête : elle est intermittente. Aujour-
d'hui je peux écrire et dessiner, le lendemain je ne peux
pas. C'est irritant! Aujourd'hui je me désirrite. Je serai
à Anseremme du 1er juillet au 1er août. J'y passerai en
ta vieille compagnie et celle des chevaliers de l'aubé-
pine quelques belles journées.

A vous, à toi et à bientôt,

FÉLIX.

VII

1874.

. . . .

Après le frontispice, Blanc s'est monté la tête à mon endroit, et au retour de la promenade de Cimiers, un des plus beaux coins du monde, il m'a collé cet article inutile. Enfin il faut songer qu'en fait de réclames il n'y en a pas de mauvaises pour le public.

J'ai fait une grande page dans la *Vie parisienne : Deux jours à Monaco*. Malheureusement Robida, chargé par Marcelin de mettre mes dessins sur pierre, y a mis la moitié du sien, et, pour faire le malin, en a ôté *le caractère*. Ah! quel troupeau de bisons inintelligents que ces journalistes du crayon qui fabriquent les journaux illustrés. C'est enrageant. Enfin, heureusement que j'avais défendu de mettre mon nom, je faisais cela pour les dames d'ici et la famille Blanc. Tâche de te procurer ce numéro. C'est celui du 12 février. Je n'en ai pas. Sans cela, je t'en enverrais. La femme qui est en bas, à droite du dessin, et qui accompagne son mari au dernier train de Nice, avec un éventail blanc, c'est elle, mon ami!

elle, *Elle*, ELLE! ou plutôt cela devait être elle avant
le Robida qui a fait de tout cela un mauvais Ropsida!
Même la petite Vénus du titre n'a pu trouver grâce, et
il n'en est rien resté du tout. Du reste, tu le verras bien
toi-même si tu trouves ce maudit numéro! — Parlons
encore un brin! Et Anseremme, la verte Anseremme-les-
Bains? Et Jordoigne?

Elle est réellement admirable et presque pas belle,
mais merveilleuse!!! rousse, grande comme moi, souple,
audacieuse, — trop riche — ce qui coûte gros à la suivre! trente ans! Moi qui adore les jeunes filles, c'est
inouï! As-tu lu la lettre que j'ai écrite à Edmond?
J'en suis fou! Elle a une façon d'arriver à la Villa Bella
qui est d'une imprudence adorable! Elle arrive avec sa
fille (onze ans et trop belle, une idéalité!) Je la vois
venir de loin au grand trot de ses deux chevaux bais,
la voiture s'arrête brusquement dans la poussière blanche, la grille est préparée, Mahorillo prévenu, moi
derrière mon rideau. Un grand frou-frou sur le sable
blanc des escaliers. Une odeur de violette, elle entre,
me mord et disparaît! La voiture s'évanouit comme le
carrosse d'or de Cendrillon. Ah! la vraie femme! Une
Mme Stevens rousse, plus enfant, plus mutine, plus jeune,
plus élancée, plus je ne sais quoi et une personnalité
du diable! Elle ne ressemble à rien qu'à elle. Et c'est là
le charme!

J'en ai fait une! mais colossale!!! J'ai franchi sous les
yeux bleus de la chaste Phébé, le sourire aux lèvres et le
bouquet de violettes de Parme à la boutonnière, un toit

incliné à 45 degrés, à 23 mètres au-dessus du niveau de
la Méditerranée, sans gouttières!!! — sans gouttières,
entends-tu? Cela n'a l'air de rien, ce sans gouttières,
mais il fallait y être! Lequel toit me séparait d'une belle
dame à qui je devais simplement baiser le mont de
Vénus! « Grande Vénus, ton mont sacré! » (Th. Gautier) — Elle m'avait dit la veille que « les *grands amoureux étaient morts,* que les hommes avaient trop peur
maintenant de se faire mal pour escalader n'importe
quoi, et que si, à onze heures du soir, un homme osait
arriver dans sa chambre, elle lui permettrait, s'il était
amoureux, de l'embrasser où il lui plairait de l'embrasser.

Ainsi cela fut fait!
Et il le fit ainsi!

Vrai j'en suis un peu fier! Et il faut brimbaler quelque rouston gaillard pour l'avoir fait, parole d'amoureux! — Mais je le suis! — Elle est trop mariée malheureusement. — Je ne me vois plus t'écrire. Bonsoir,
vieil ami. J'ai encore bien des choses à te raconter.
Écris d'abord vite et envoie-moi, mais tout de suite, le
sonnet de *Joya*, qui s'écrit « Gioia », mais cela ne fait
rien! Sonnet de Joya et le tien, celui à illustrer, et je te
le renvoie pour le quinze, sans faute.

A toi, à vous,

F. R.

Je suis de ton avis quant à l'*Indépendance.* Cela s'est
fait tout à fait à mon insu. Asseline avait vu.

VIII

. . . .

Cette femme a le charme invincible et triomphant! J'ai peur de cette liaison. C'est Auré, la mignonne qui me sauvera de ces ivresses insensées et dangereuses, réellement dangereuses! Si elle ne part pas d'ici, je partirai. J'ai peur d'une liaison, car elle quitte la grande ville de province qu'elle habitait pour aller habiter Paris. — Vrai, j'ai peur, car elle me paraît montée à un diapason fou, aussi elle! Elle dort avec mes violettes, avec mes crayons, avec mon album! Elle a eu un joli mot : « Mon cœur avait parlé avant ta venue, mais il n'avait jamais chanté! » Quelle différence avec la princesse Stella! cette grande dédaigneuse, amoureuse seulement à ses heures, et froidement belle! N'importe! il ne faut pas « blaguer ses souvenirs » *et les oliviers du cap Martin me rappellent de jolies choses.*

J'aurai peut-être une proposition très sérieuse à te faire pour une place avantageuse et vacante pour toi si elle t'allait (6.000 francs d'appointements, rien à faire, mais il ne faut pas bouger d'ici).

Tu vois, j'ai parlé d'elle, je me suis éveillé, et je rebavarde. Je colle une seconde lettre à ma première.

Je vais repartir pour Paris. La mignonne Auré me prendra dans ses beaux bras. Ses lèvres fraîches de petite fille feront s'envoler les rêves du midi et les ardeurs du trop de soleil! Elle m'écrit tous les jours, la chère Absente, elles arrivent tous les matins, ces bonnes petites lettres, honnêtes et bonnes et douces et charmantes. Je ne suis pas digne d'elle, ma parole d'honneur! Nous sommes tous enragés, artistes et poètes et idiots que nous sommes. Je dis cela, mais si demain j'entends le trot des chevaux, je sens mon cœur trotter à l'unisson. Elle s'appelle Marie, et c'est « le plus joli nom du monde ». Naturellement!!

    A toi et à vous.

FÉLIX.

Parle-moi de Tinan, des Fix, des autres femelles, des Renaux, de Mme de Lannoy, etc., etc., et Anseremme?

Je ne sais pas bien lire tes noms (le reste, je le devine). Sont-ce les demoiselles *Bernier?* les Bruxelloises de Mons? Quelle maison ruinée? Marvie? Je ne connais pas. Donne détails.

Je vais écrire au vieux Dom. Montre-lui cette lettre, ou dis-le-lui.

Comment! elle s'en va, la pauvre chère maison de la rue Francart! de la petite rue Francart! Oui, c'est un morceau de notre vie qui va tomber avec les plâtras! Toutes les paroles douces qui se sont dites là dedans sur les lèvres des jolies aimées vont danser dans le ciel bleu en sortant de leur prison; c'est la grande Romaine Sabina qui a inauguré le nid! Quelle suite et quelle variété de cheveux! Tu dois clôturer dignement. Nous ferons une partie dernière terrible! En souvenir des souvenirs! Il y a eu de bien grandes dames!!! comme eût dit Buridan. Ainsi nous glissons vers la tombe (Octave Pernez). *Sic transit gloria mundi* (saint Augustin). Fini de rire (Gavarni).

Il va falloir rebâtir de nouveaux nids. Edmond a-t-il toujours le sien?

Le sonnet de Gioia (Joya) et le tien : vite! Et la représentation du cercle d'hiver?

Je t'enverrai des épreuves de ce que je fais.

En Belgique, dans un mois, je te ferai les reçus sur papier timbré belge. C'est nécessaire. Je ne te les ai pas envoyés, n'ayant pas ce papier.

IX

74, Villa Bella, à Monte-Carlo, chez M. Camille Blanc.

Merveilleux ici! Je te rapporterai des dessins et je t'écrirai dans quelques jours une forte lettre. Pièce de Gouzien : Succès! Rappel de Chaumont qui a très bien chanté.

Palmiers, oliviers, roulette et rouleuses. Je ne touche ni à l'une ni aux autres. Je fais quelques belles études sous les caroubiers et les palmiers de Monte-Carlo. Écris-moi vite. Amitiés à nos amis. A bientôt!

X

1875.

L'affaire Lemerre est superbe : 1.000 fr. par mois et 1.200 l'année prochaine ! La besogne est dure, mais on la fera ! Il va falloir faire un bon livre, mon vieil ami, avec ce Musset : seulement bien difficile à faire ! Il y a quarante planches pour la petite édition in-douze et quarante planches pour l'édition in-quarto. C'est là l'a-choppement ! la petitesse des planches de la première édition, car on commence par celle-là ! C'est formidable à faire cela, l'eau-forte. Mimi Pinson et Namouna, le Frédéric et Bernerette et les autres : 80 compositions pour les deux éditions. J'ai fait, depuis que nous nous sommes vus, pour l'album Cadart (1), un affûteur ; pour le livre de Piedagnel, *Souvenirs de Barbizon* : trois cuivres, un titre, une fileuse, une bergère, d'après Millet.

Un travail bizarre : les marges des titres de noblesse du roi d'Espagne : quatre feuilles fond d'or. Amour, armoiries et armoriants, belles dames, chevaux capa-raçonnés et hennissants, animaux blasonnés et blason-

(1) Prédécesseur de Goupil.

nants,. fleurs héraldiques, guivres, larves, lézards mystiques. Je t'assure que cela est très joli : il y a des bronzes, il y a des ors, il y a des argents, il y a des® écarlates rutilants, des jaunes rayonnants, des bleus attendrissants, des blancs lyliacinants, des roses luxuriants, et tout cela galope, sourit et grimpe le long de la marge.

S'il ne me paie pas, cet hidalgo, nous allons bien voir ! Je pars pour Monaco. Adieux.

Voilà mon adresse :

  M. Félicien Rops,
      Villa Bella,
  Monte-Carlo, principauté de Monaco.

Écris-moi, je te raconterai Monte-Carlo. Tu me raconteras Monte Venusto. Et Edmond ? Plus de nouvelles. Rien.

Lemerre me disait en m'engageant : « Vous concevez que je ne peux payer convenablement que les dessinateurs qui sont toujours restés en dehors du journalisme à images. J'ai toujours compris cela et je crois que j'ai bien fait. »

Au galop !

Qui m'est tombé sur la tête ? Πανθασις. Pantazis en chair et en barbe. Il avait l'air d'un bizon égaré dans une volière.

Amitiés à tous mes amis.

                                        FÉLY.

XI

Avril 1875, Blankenberghe.

Il fait un temps de chien ici. Blankenberghe toujours
blond et ravissant, plein de femmes. Blanc n'est pas encore
arrivé. Vu les demoiselles Renoz qui deviennent splendides et le téton de Mme André qui s'incline vers la terre
comme le nez du père Aubry qui aspirait à la tombe.
Jouvet bedonne. Et tout cela grouille dans le ciel blanc
et c'est toujours réjouissant et varié. Je t'écrirai demain.
J'entre en religion d'art. Je peins et je ne regarde plus
les femmes. J'ai suspendu comme le Natchez les chevelures scalpées à l'entrée de ma tente et je fume le calumet
de la paix.

XII

1876. -

L'Italie est un pays qu'il faut voir, où il faut se com-
plaire, mais où il faut se garder de chercher des inspirations. Si ce sont des inspirations rétrospectives, elles
sont dangereuses ; si ce sont des inspirations prises dans
la vie actuelle italienne, elles sont banales et n'ont pas
l'accentuation de Londres ou de Paris effrayants et si fa-
vorables à l'art psychologique qui est le véritable art
moderne. L'art actuel italien, d'un autre côté, ne produit rien. Ils sont tous dans ce pays aux chausses de
Fortuny, un Espagnol. La Corse passe pour l'île italienne
où les paysans ont le plus de caractère. Mais cela n'est
pas moderne. Ce sont des mœurs naturelles d'autres
siècles. Je suis persuadé que les paysans de Capri me
feraient le même effet.

C'est le pays où il faut aller jouir du climat, de la beauté
plastique des filles et des grandes œuvres du passé.

(Rops subit ici l'influence de son entourage. Il médira

plus tard, avec raison, de l'art psychologique qui n'est
qu'un art à l'usage des impuissants et des pédants.
Tous les pays peuvent inspirer un artiste, mais l'Italie,
la Bretagne, l'Espagne, la Provence, sont des pays des
plus intéressants parce qu'on y peut observer l'homme
simple, naturel, réfractaire à toutes les acquisitions
artificielles des civilisations. Mais Rops avait reçu cet
enseignement de Baudelaire : « Le caractère de la vie
moderne est artificiel. » Heureusement que, dans ses
œuvres, il ne s'est pas souvenu du précepte !)

XIII

Mon vieux,

Retour de Monaco et Gênes. Je n'ai fait qu'aller et venir. Le temps de voir les toilettes d'été, de cueillir un gros bouquet d'héliotropes dans les jardins de Monte-Carlo et de les offrir galamment à une belle dame qui a les cheveux blonds comme les ors du père Blanc. Gouzien et Godewsky m'ont accompagné dans ce petit voyage qui avait l'air d'une gageure. Que veux-tu? Je ne puis plus passer l'hiver ici. Au premier nez rouge de novembre j'ai envie de filer comme l'hirondelle de Mme de Sévigné. Il me passe une vraie nostalgie d'oliviers, de palmiers et d'orangers et je n'ai plus dans la bouche que le cri de Ruckert : « des ailes! des ailes! » Que c'est beau là-bas! Mais ce pays-là vous gâte tous les autres.

Paris me paraît très froid. Que serait-ce de Bruxelles! Je sens d'ici le vent de la rue Royale!

Pourquoi n'es-tu pas revenu par Gênes et la Corniche?

Bonvoisin qui est ici me dit que la route de Bordighera est le plus joli coin de toute l'Italie.

XIV

Janvier 1877.

Lis l'*Assommoir* de Zola. Pour moi, c'est ce qui a été publié de plus beau depuis *Madame Bovary*. C'est la première fois, depuis Shakespeare, que l'on a osé écrire vraiment dans la langue des personnages que l'on met en scène. Souvent et même toujours on essaie de leur faire parler leur langue dans le roman, mais se substituer à eux-mêmes en dehors du dialogue, c'est une idée neuve et bizarre. Évidemment, ce n'est pas un modèle à suivre. mais comme livre en dehors de tout, c'est remarquable, et cela passionne ici. Tout le monde des lettres ne parle que de cela.

XV

Février 1877.

Paris, c'est encore la meilleure ville du monde pour
y vivre et pour y mourir. Depuis la guerre il s'est levé
toute une jeune génération d'artistes et de littérateurs,
les gens qui avaient quinze ans à l'époque du Siège, et
ils ont le diable et la diablesse au corps. Je t'assure,
tout cela est amusant, gai, mouvementé, et les femmes
sont plus jolies ici que jamais. J'ai conduit Charles au bal
de l'Opéra et il a failli avoir une attaque d'admiration
foudroyante. Le fait est, mon vieux, que je crois que la
main des hommes n'a rien créé d'aussi ravissant. C'est
absolument idéal et merveilleux de lumière, de musique
et d'éclat. L'homme et la femme unis à l'art ! Par le
temps de Grévysme qui court, les femmes sont nues
comme de petites déesses olympiennes et olympiques.
C'est cantharidant !! et par-dessus tout cela le vieux
Strauss jouant le *Danube bleu* et le *Sang viennois !*
C'est le Paris de Judic et d'Hervé, mais c'est toujours
le Paris de Théophile Gautier, d'Hugo et de Musset.
Par moments, on se croirait en 1830. Rien de ce qui est
bien ne passe inaperçu. Ici on vit trop avec la tête,
peut-être, mais autre part on vit trop avec le ventre et
le bas-ventre.

XVI

1877.

Comment n'es-tu pas déjà là! Je vois toujours A. et D. qui donnent des jeudis où l'on s'amuse. Je roule beaucoup avec le sac au dos dans tous les environs et dans la grande banlieue de Paris, *la banlieue extrême,* et je découvre des trésors de paysageries : la forêt d'Armainvilliers, Grosbois, Ermenonville, les étangs de Chaalis, la forêt de Traconne, etc. Je loge dans de vieilles auberges de la Brie, du Valois, des hôtelleries « du soleil d'or », pleines de rires et de voix joyeuses, où l'on paie 3 francs par jour et où l'on boit six litres de vin, des petits vins rouges réjouissants! La fille aussi, cela compense! — Puis le lendemain l'on suit à nouveau les routes blanches, étincelantes et crayeuses du bon pays de France.

> L'on suit encor sous les pommiers
> La grand'route de Normandie!

C'est la Marne, l'Oise, la Nonnette, l'Yvette, un tas de petites rivières comme la Lesse, inconnues des Parisiens qui croient connaître leur Paris parce qu'ils ont

11

été à Saint-Germain, à Montmorency, à Fontainebleau, à Verrières, à Joinville-le-Pont ou à Champrosay ! Ils ne connaissent même pas la Grand'Pinte. Là

> Tout se fricasse, tout bruit,
> Et l'on chante jour et nuit,
>   C'est toujours fête.
> Quand sous ce toit hospitalier
> On demande à l'hôtelier
>   Si tout s'apprête,
> Il vous répond avec raison :
> « On n'a jamais dans ma maison
>   Fait une plainte !
> On est servi comme il convient
> Et rien n'est meilleur, on sait bien,
>   Qu'à la Grand'Pinte ! (1) »

Je n'en compte pas moins passer le mois de janvier à Bruxelles. Mais je ne m'éloignerai plus jamais aussi longtemps de Paris que je l'ai fait. Il faut trop de temps pour y reprendre sa petite place et s'entraîner au travail régulier.

Voilà un bavardage à bâtons rompus. Réponds-moi vite, mon vieux copain. Mes amitiés aux amis.

                                        FÉLY.

(1) Vers d'Auguste Chatillon.

XVII

Fragments :

Je ne sais où va mon art, si je suis dans le vieux ou nouveau jeu, si moderne ou pas. Je ne sais qu'une chose dont je peux répondre, c'est que je *fais* droit devant moi comme je peux dans toute la sincérité de mon sentiment. Ce sentiment, contrairement au goût du jour, car il y a toujours un goût du jour, me pousse à finir comme un gothique. Je me laisse aller à ce sentiment sans songer, je t'assure, à imiter personne.

. . . .

La quarantaine ne m'ôte rien, ni mon enthousiasme, ni mes croyances en toutes les belles choses. Je ne sais pas si mon dessin est bon ou mauvais. Je l'ai fait en pleine sincérité, voilà tout. Je travaille comme un bénédictin.

XVIII

Merveilleux le grand-prix : une des plus belles choses que l'on peut voir! Depuis longtemps je n'avais vu autant de jolies femmes écloses au premier printemps. Les roses-thé devenaient grossières comme des pivoines à côté de la blancheur des peaux et des éblouissements des cheveux. Il y avait des filles de Sidney qui ont gardé la prunelle féroce des convicts leurs pères. Il y avait un stock de petites Mexicaines mi-gazelles, mi-ouistitis, grelottant sous ce beau soleil, avec des yeux de satin et des lèvres ombrées de duvet, le globe des seins dorés comme ceux des déesses indiennes, semblant déchirer les mousselines et venus d'eux-mêmes au-devant des bouches attentives. On éprouve, en les regardant, une impression de vision mystique qui vous donne la nostalgie de l'hacienda.

XIX

Nieuport-Bains. Flandre occidentale, 1878.

Je ne partage pas du tout tes opinions sur la peinture. Hermans fait un art vieux, et lorsqu'on voit ses tableaux d'il y a dix ans et ceux d'aujourd'hui pauvrement peints et mal dessinés, on a l'impression que c'est une chute, et pas un peintre n'y a été trompé. Dubois est tout à fait du même avis et il a vu tous les tableaux qui sont à Paris. Nittis est de vingt ans en avant et fait vivant, vibrant et neuf. Quant aux autres, tu ne les connais point. Je t'expliquerai cela longuement devant les tableaux quand tu verras : les Degas, les Manet, les Béraud, les Guenuthe. Chez eux, tu auras quelque idée de la peinture moderne. Il n'y a que des choses presque classiques dans l'exposition française. J'entends par classiques les choses reconnues par l'école, et cela ne peut donner aucune idée *du mouvement français depuis dix ans*. L'exposition de 1879 te fera tomber des yeux ta cataracte.

XX

Paris, 19 août 1879.

Mon cher vieux,

J'ai eu, entre autres choses et diverses aventures, la bonne goutte du grand-père Ropsy qui est venue me podagrer pendant quinze jours, ainsi que l'atteste la gravure ci-dessus (1). Comme il ne me plaît plus qu'elle revienne, la susdite goutte, je vais me mettre ou plutôt me remettre à l'aviron et à l'escrime,

> Car il faut qu'on s'en souvienne,
> Rien n'est impossible à ceux
> Qui se défendent chez eux
> Contre une habitude ancienne,
> Et c'est par la volonté
> Qu'on revient à la santé.

Voilà! j'ai été vaguer dans le Bocage, en Vendée, puis rôder en Basse-Bretagne, avec Gouzien. — Que les peintres sont bêtes! J'ai toujours eu horreur des

---

(1) La lettre est accompagnée d'un dessin : *les Amours goutteux*, avec cette légende : « *Et Rops il a vécu ce que vivent les Rops, l'espace d'un matin.* »

peintres qui constituent avec les musiciens et les acteurs la race la plus sotte qui soit au monde. Ils ne voient pas la Bretagne ni rien qui vit sous leurs yeux blancs ! — J'ai côtoyé deux cents lieues de côtes scandinaves ; je me suis assis sous les toits de l'île Loffoden où les femmes ont l'air de poursuivre un rêve commencé dans d'autres planètes, j'ai mangé du renne avec les Lapons et bu de l'eau-de-vie de bouleau avec des Esquimaux qui avaient leurs yeux peints en noir, les yeux de neige « snow blindness ». — Mais, par Notre-Dame de Roscoff, je n'ai jamais rien vu de plus curieux que les Bas-Bretons des côtes ! A son dixième pot de cidre, grimpé sur un de ces chevaux qui semblent être un croisement de caniche galeux et de baudet, la batte de houx des Irlandais et des Gallois sous l'aisselle, grognant la légende du bienheureux saint Yves, c'est réellement une silhouette à garder et à regarder quand on la trouve sur son chemin ! — J'en ai rapporté deux ou trois que je te montrerai et qui sont d'un bon croquis.

Je viens d'écrire un mot à Charpentier pour tes croquis. Je fais les « Risler » ; un très bien venu. Le 1er septembre, je pars pour la Belgique. Je passerai par Heist et j'y ferai les croquis de tes articles, cela te va-t-il ? Dis-moi « juste » combien de temps tu comptes rester là-bas. Je suis dans une bonne veine de travail et je veux faire des études de mer à Nieuport, à Blankenberghe et à Heist. Nous pouvons faire des choses *à être remarquées ici* à la rentrée. Combien paies-tu à ton hôtel Léopold ? — Tu me ferais bien plaisir si tu voulais

m'envoyer l'article. Je ne peux rien faire sans cela. Tu
sais si je connais la Hollande! Il n'y a pas un coin où
je n'aie vécu de forts jours de ma vie, et pas un nez
que je ne connaisse en peinture. Réponds tout de suite.
Tu vois que je ne traîne pas. Réponds à tout. Et dis-
moi ce que deviennent nos amis, tu ne me dis rien de
tout cela! Tu dois avoir du temps de reste cependant
là-bas pour écrire quelques lignes. — Je fuis les fêtes
de Bruxelles. J'ai horreur de toutes les réjouissances
officielles, je n'aime que les gaietés improvisées. Que
devient Edmond? Je ne me suis pas rendu à la rue
Labie, le jour du rendez-vous. J'étais à sacrer, à jurer
et à maudire l'humanité. J'étais gouttant et dégoûtant,
dirait Hannon Théodore en ses esprits un peu province.

A propos d'Hannon Théodore, je lui ai fait un frontispice bien amusant, je t'en enverrai une épreuve dans
la prochaine lettre. — Bon ton article de *la Vie moderne*, net et bien vu. Excuse-moi auprès de ta femme
de mon manque de parole relativement à la gravure
promise, montre-lui mon croquis et dis-lui les états
dans lesquels je me trouvais. Quand elle me fera encore
une demande semblable, je lui porterai le lendemain les
gravures les plus jolies, car je n'aurai plus la goutte.

..... Car il faut qu'on se souvienne, etc., etc.

Y a-t-il des femmes à Heist? Nous ferons cela à nous
deux.

A toi.

FÉLY.

XXI

8 janvier 1879.

Je n'ai pas envoyé les billets tout de suite parce que je suis parti pour Brest avec Gouzien. (Ah! mon cher ami, la Baie des Trépassés en hiver! et les Bretons!!!) Puis j'ai fait deux études féroces, tu en verras une à Bruxelles. Manet qui en a vu une a dit à Cadart que c'était de « toute première force ». C'est bon d'entendre dire cela par Manet qui « ne flatte pas les gens ». — Puis en revenant, — voilà de ces coups de Paris, — j'ai eu l'occasion de voir et de baiser les bas de soie noire à fleurs rouges d'une belle fille dont l'amant est à Monaco. Je l'ai mise nue comme une déesse, j'ai ganté de longs gants noirs ces belles mains longues que j'embrasse depuis trois ans, et là-dessus je l'ai coiffée d'un de ces grands Gainsboroughs en velours noir, orné d'or, qui donnent aux filles de notre époque la dignité insolente des femmes du dix-septième siècle; et voilà! ma *Pornocratie* est faite. Ce dessin me ravit. Je voudrais te faire voir cette belle fille *nue*, chaussée, gantée et coiffée de noir, soie, peau et velours, et, les yeux bandés, se promenant sur une frise de marbre rose, conduite par un

cochon à « queue d'or » à travers un ciel bleu. Trois
amours — les amours anciens — disparaissent en pleu-
rant. C'est presque aussi grand comme dimensions que
la *Tentation*. J'ai fait cela en quatre jours dans un salon de satin bleu, dans un appartement surchauffé, plein
d'odeurs, où l'oppopanax et le cyclamen me donnaient
une petite fièvre salutaire à la production et même à la
reproduction. Je ne sais pas à qui je vendrai *cela*, mais
cela m'est bien égal.

Je serai, le 15 de ce mois, en possession de mon atelier
de la rue Labie, à la porte Maillot. Malheureusement le
locataire ne file pas encore, ce qui nous embête. Je te
raconterai tout cela dans une prochaine lettre. Écris-
moi un peu plus longuement.

Si je paie quelque chose pour toi pendant l'année, nous
réglerons cela sur les billets courants. Si je t'engage à
demeurer avec moi, c'est tout simplement, mon vieux,
parce que nous pouvons avoir un luxe relatif que nous
ne pourrions pas nous procurer séparément au même
prix. Je le sais par expérience. La vie à deux, chauffage,
domestique, location, coûte un tiers, et un bon tiers en
moins. Je ne veux en rien infirmer ta volonté. Examine
bien si cela te va ou si cela ne te va pas une bonne fois.
Si tu ne restes pas ici pendant l'été, nous ne pouvons
installer ton petit bazar à côté du mien qu'en août, au
terme. Cela nous donnerait un peu de temps pour les
meubles, je veux dire pour le déménagement. Tu pren-
drais une chambre dans une maison voisine pour un mois
ou deux, en attendant le moment où *Jack* passerait et cela

s'arrangerait au mieux. J'ai remarqué aussi que dans la vie commune, il y avait — contrairement à ce que l'on croit généralement — *un entraînement au travail énorme.* On s'excite mutuellement et « à nos âges » on peut se donner de bons conseils. Je t'écrirai plus longuement et je te dirai mon opinion sur les noms de ton roman. Au premier chef Deguerrelass ne peut s'écrire que Deguerrelaze, sans cela il n'appartient à aucune langue. C'est un bon nom, écrit comme un nom méridional. Je suis heureux de ton appréciation de la *Tentation.* Je crois que c'est un bon dessin et je t'assure que je n'ai eu d'abord d'autre ambition que celle de laisser un souvenir à mes petits neveux du beau corps rayonnant de ma petite compagne de vie, de la chère mignonne qui a été et qui restera la plus aimée.

A toi.

FÉLY.

Remarque que j'écris oppopanax et non opoponax, comme tous les bons littérateurs. Oppopanax Pastinaca : ombellifères !) La botanique est bonne à quelque chose. Dire que cet encens est un panais ! Si les poètes le savaient ! Hein ! quel cuistre je fais !

XXII

1879.

Je suis très réellement heureux que ma peinture t'ait plu. Je travaille toujours pour quelques amis et quelques artistes. Depuis que j'ai fait voir ces dessins, je reçois beaucoup de visites et, chose bizarre et flatteuse, les peintres me commandent des peintures! Munckaczy, Zichy, Degas, de Neuville m'ont fait les premières avances. J'ai trouvé sur leurs lèvres — ce qui est drôle — la même opinion que la tienne. Je me sens aller à cet art-là qui est l'expression de la vie actuelle contemporaine. Je suis content. Comme je te le disais un jour, je crois que nul homme ne remplace exactement un autre homme, quel que soit son degré de valeur, — en art bien entendu. Je ne cherche qu'une chose : à ne pas me souvenir de ce que font les autres et de ce qu'ils ont fait, estimant que ces préoccupations sont nuisibles et vous entravent dans votre idée et dans la façon de l'exprimer matériellement. On me demande si je fais du pastel ou de l'aquarelle : cela m'est bien égal! J'emploie ce qui me plaît, et demain je ferais de la peinture à l'huile si je trouvais plus de charme à le faire. Je fais d'ailleurs des

études à l'huile pour ne pas fatiguer le modèle. Tu as
parfaitement raison : c'est presque académique, mais je
vois comme cela. Je pourrais mettre « *j'ai vu* » sur les
machines que je fais. « J'ai vu cela dans un restaurant des
Champs-Élysées. » Je connais presque toutes mes femmes
et les ai fait poser dans des toilettes pour arriver à plus
de vérité. Je suis fou de la vie moderne, tu le sais, et
je crois que, lorsqu'on veut la peindre, il faut venir dans
les endroits où elle se manifeste avec le plus d'intensité :
à Londres ou à Paris, et encore il faut être bien au courant de la vie anglaise pour comprendre Londres. Voilà
pourquoi les machines d'Hermans, quoique pleines de
qualités réelles, n'ont ému aucunement le Parisien. Ces
femmes n'appartenaient à aucun pays et étaient habil-
lées comme des bourgeoises qui s'habillent en cocottes.
Et puis c'était battu à froid, et cela se compliquait d'une
vieille allégorie, une affabulation de M. Viennet. Comment
veux-tu qu'un Hermans non passionné fasse et raconte
la passion !

XXIII

Fragments :

1879.

Succès de l'*Assommoir*. Bruit du diable! J'ai vu Daudet. Somme toute, notre avis ne change pas. Le théâtre est un acte grossier, mais nécessaire. Toutes les tirades bêtes applaudies, toutes les finesses noyées; les décors portant le reste. Adorable le tableau du *Lavoir* au point de vue de la mise en scène vraie. Au fond, une grosse machine mélodramatique avec des concessions faites au public, ce qui l'a fait réussir.

Zola dans un beau livre qu'il vient de publier, *Une Page d'amour*, décrit six fois Paris vu des hauteurs de Passy et par tous les changements de température. Cela ressemble à ces paraphrases du bulletin de l'Observatoire, et, si Dieu n'avait pas enlevé à la terre M. Leverrier pour le fourrer dans sa planète, cette littérature barométrique aurait son approbation. Je crois que l'on doit remonter le courant romantique et même réaliste pour reprendre langue à Diderot et à ses congénères. Faut travailler, mais ne pas dépasser les sillons !

1879.

Daumier est mort, pauvre cher grand artiste! Je vais lui dire un dernier adieu à Valmondois, val mont d'Oise. (Oh! l'élève de Chavé!) Le joli coin et les jolis pommiers tant peints par Daubigny! Tous de vrais artistes et de vrais cœurs ceux qui vivaient là-bas, le long de la rivière aimée, qui durant tout l'été reflétait les parasols blancs de l'école de l'Oise, l'Anseremme d'ici (1).

1880.

J'ai fait des voyages fous de Paris aux frontières russes, à travers la Hongrie, de Belgrade à Vienne. Passé à Bellagio. La Suisse est un pays grotesque. Les Vénitiennes sont laides. Si tu voyais les Hongroises! Les femmes à cinquante ans ont des poitrines bronzéennes. Admirable, Venise, mais la Pusta, le steppe hongrois! J'ai fait 160 lieues à cheval là dedans !

(1) Près de Dinant.

J'ai dîné hier avec d'Hervilly chez Filleau.
Viens, je t'attends.

Je ne veux plus penser à l'Espagne pour le moment,
et ce diable de pays hante mes nuits. Beau pays!
l'homme, l'animal et le sol y sont bien du même bloc,
de la même tonalité, de la même matière : c'est d'ensemble. La Huerta qui s'étend d'Avila à Madrid est bien
plus sinistre que toutes les Via Mala, et il y a aussi les
lacs! Mais ils ne sont pas de ce bleu hideux qui fait commettre tant d'aquarelles aux Anglaises chlorotiques. Ils
sont bitumeux et l'on sent que les sorcières, avant d'aller sabbater, viennent y faire leur toilette intime. Il faut
qu'ils soient ainsi, ces lacs, pour bien refléter ces grands
paysages apocalyptiques d'où jaillit un jour sainte Thé-
rèse comme la flamme du silex, et qui semblent n'avoir
jamais été fécondés que par le semeur d'ivraie de la
croyance chrétienne. Beau pays! Et je t'assure que les
femelles n'y ont point des airs d' « Avez-vous vu dans
Barcelone », si *glands* d'Espagne que nous ayons été !

1882.

J'irai chez toi vers 9 heures si cela ne te dérange pas.
Je n'ai que deux mots à te dire. Je travaille comme

un nègre pour être libéré d'un dessin qui me navre.
Il fait un froid de loup et un temps de chien là-bas.
Mais, malgré tout, nous partirons. Ce dessin n'en finit
pas. Je passe mes nuits dessus et n'avance pas.

Bonnes amitiés chez toi,

STEEPLE CHASE.

1882.

La *Saisie de mars* est tout à fait autre chose que l'*Attrapade*, et cela ne se peut guère comparer. C'est encore un
peu fatigué d'exécution, mais je crois que c'est la bonne
voie. *J'ai vu cela* chez ma voisine Mme***, de la Gaîté.
Mais c'est un modèle qui a remplacé la voisine que je
ne pouvais arriver à croquer. Quant à l'huissier, il est
nature. C'est moins lâché dans l'exécution que l'*Attrapade*.

(C'est toujours la grande joie voluptueuse, luxurieuse,
le goût de la vie, du mouvement, une étude forte et
poussée de l'ossature et de la chair que l'on retrouve chez
Rops. Mais il change plus d'une fois d'étiquette d'art,
tour à tour réaliste, décadent, symboliste. Sous tous
ces déguisements il reste lui-même et cela seul importe.)

12

Daudet, crois-moi, a tort de laisser illustrer ses livres par...

Cela n'est pas beau ou plutôt cela n'est pas intense.

Je vais faire des œuvres. Je les sens qui s'agitent en moi comme les enfants de sept mois dansent dans le ventre de leur mère.

Si tu as l'occasion de parler à Daudet, à Charpentier, presse les choses. Je voudrais illustrer Daudet et Zola.

Dis bien à Daudet que je ne suis paresseux que pour les choses qui me déplaisent et que j'ai plus de talent que...

En voilà un dessinateur fait pour l'Empire du milieu et pour les besoins des constitutions juste-milieu! C'est terrible de faire aussi bien que cela. Il me semble que tous ces dessins-là ont des lunettes d'or et disent en voix de fausset : « Il faut être convenable! convenable! convenable! » — comme mon tuteur.

Article de Daudet dans l'*Événement*, un chef-d'œuvre; on ne fait pas mieux.

————

1884.

Hier, à minuit, j'étais encore en canot avec une grande fille blonde, pâle et émue. Le canot poussé par ma vieille main de canotier filait doucement sous les grands peupliers frémissants entre ces deux petites îles qui font vis-à-vis aux coteaux de Suresnes. Des trompes de chasse sonnaient le bien-aller dans le bois de Sèvres... La lune par-dessus tout cela, piquant d'argent le sillage des avirons : En faut-il plus pour se croire heureux et pour l'être?

Fontainebleau, c'est ce qui valait encore mieux, qui vaut toujours mieux. La mare aux Fées est toujours à sa belle place, seulement les trois chênes s'appellent Troyon, Corot, Rousseau; la mère Antony est toujours à Marlote. Elle a vu passer six générations de peintres. Elle ne prenait presque rien et elle donnait beaucoup; elle prend tout aux derniers et elle ne donne presque rien. Toujours souriante d'ailleurs comme au bon temps où Daubigny payait un fricandeau d'un « bois de hêtres ». Elle continue à laisser tomber la même suie dans les mêmes œufs sur le plat et à mettre consciencieusement le même nombre de cheveux dans le fricot de fondation : « la fristouillade! » Un bon plat, un plat qui faisait faire à Rousseau les cinq lieues qui séparent Marlote de Barbizon — et que les élèves lichent à la même place, au même banc, à la même table où lichaient les maîtres; et duquel le moine Amador, qui fut un glorieux abbé de Turpenay, se serait liché les badingoines! Quant au vin, c'est de ce clos célèbre qui s'appelle « le Chênée ». C'est tout dire! Et lorsque la mère Antony dit : « C'est un Chênée celui-là », Chênée lui-même n'y ajouterait rien et mettrait son nez dans son verre.

XXIV

La Roche-Claire, mardi 6 juillet 1885.

Voyons, mon vieux, que fais-tu, que deviens-tu? Où
en es-tu? As-tu fait affaire pour quelque nouvelle? J'ai
peur que tu ne te recolles encore à ton terrible roman,
qui est ta tapisserie de Pénélope. Songe que nous voici
en *juillet*, l'août est proche, ne dormaille pas! Je sais,
et tu sais ce que j'entends par dormailler : c'est le terrible « polissez-le sans cesse et le repolisséz! » Donne-
moi donc de tes nouvelles! Ici il y a toujours du nou·
veau, naturellement. Nous avons eu des averses de
Belges; ils arrivent avec un bon air montagne aux
herbes potagères, envieux et inquiets, disent « qu'il n'y
a rien au Salon », puis font l'éloge de tout le monde.
Pas un qui ne vous dise : « Je ne voudrais pas vivre
ici, Godferdoum! On ne sait quoi boire! » Puis, cinq
minutes après : « Croyez-vous que, si je venais ici, je
vendrais bien mes tableaux? Moi, je crois que oui, et
vous? » Que répondre à tout cela? D'aucuns me demand-
dent : « Que gagnez-vous par an? — Cinquante mille
francs. » Il faut voir la gueule congèstionnée du Monsieur Peintre et la lippe désidéreuse qu'il avance! Cela

m'amuse extraordinairement. Drôle de gens ces Flamands : à la fois naïfs et rusés comme des sauvages,
avares et jouisseurs. Ce qu'ils ont plaisir à nourrir leur
grosse bête sanguine est extrême, mais ça coûte les
yeux de la bête!...

Il vient de paraître un beau, beau livre de J.-J.
Weiss sur le Rhin et sur l'Allemagne. Ah! le délicieux
écrivain! C'est un livre parfait. Drumont fonde un jour
nal, *la Vérité*. J'y ferai les beaux-arts ! Je me ferai
naturaliser avant l'apparition de mon premier article
afin d'éviter l'expulsion! — qui serait assurée.

Rien autre chose : j'ai payé ton charboniat; cet
homme ne dormait plus et il en pâlissait sous son noir.
J'avais ce jour-là quelques sols et j'ai été heureux d'a-
paiser le joyeux montagnard qui, pour cinquante centimes de plus, m'aurait fait nommer roi des Arvernes. Il
t'envoie ses ténébreuses amitiés. Dans nos intimités,
rien de nouveau, ou guère : dîner à la Roche-Claire,
dimanche dernier, ébats nautiques, canotage, etc., etc.
Clairin, Haraucourt, la bonne Alice, plus une très belle
fille, nouvelle dans la maison, qu'elle ne dépare pas par
la robustesse de ses tétons — trouant son costume de
bain! — Cariès rentré en grâce, Gouzien en appétit, et
le judicieux Octave Uzanne, un peu mélancolisé : son
propriétaire (le propriétaire de la petite maison des
Basvignons) lui a donné congé! La belle fille nouvelle
s'appelle « Amélie ». Haraucourt devra certainement à
ces tétons et à ces fesses sonores le plus beau sonnet de
la deuxième édition de la *Légende des sexes*.

A propos, la jeune demoiselle Renoz est entrée comme interprète, 19, rue de Grammont. Ne ris pas! Il n'y aura rien de cassé, rien du tout. On t'espère aux raisins, on t'a demandé, et on voulait partir pour aller dire bonjour au père Blachère. Tu vois que la Roche-Claire fluctue et mergite toujours, et que les rires ont encore niché cette année dans les branches des vieux peupliers qui l'abritent. — Je veux garder jusqu'à ma seconde enfance cette précieuse gaieté des anciens jours qui m'a soutenue dans la « Battle of the life », la bataille de la vie, qui est encore à gagner, et le sera jusqu'au bout de mes ans! j'espère. — Je suis seul ici pour l'instant. Je regrette mes longues discussions d'art et de muliébrité, et le bain au soleil dans l'eau verte et vierge encore des baisers de boue de Paris.

Ah! encore : le dernier dîner des *Bons Cosaques :* nous perdons Édouard Rod, qui va professer la littérature à Genève. Bourget et Becque l'on speeché. — Becque avec une verve nouvelle, quelque chose de sentimental et de Bellevillesque, a fait son discours sur « l'inaltérabilité du tatouage parisien ». Il y a eu une péroraison grandiose où le mont Blanc et le mont de Vénus dialoguaient à propos du jeune professeur, — cela vaudrait l'impression et mériterait de rester pour les lecteurs de 1920. — Ah! Paris! comme l'on s'y use! Mais quel brillant et quel éclat dans cette usure! Je sortais de là quand j'ai rencontré André. Il m'a fait un peu l'effet d'un garçon de la brasserie Dreher, et cependant il est fort aimable et il a de l'esprit chez V... qui est, assez volontiers, lui, un peu sot, avenue de la Toison-d'Or. A propos de V..., nous avons eu sa joyeuse et bonne femme, elle a l'air d'un polichinelle sans queue, à dix heures du matin ; mais deux bosses valent mieux qu'une sur l'estomac, et elle plaît après vêpres. Elle emporte d'ailleurs la Toison d'or avec elle, ce qu'on ne saurait trop louer, car sa location ne coûte qu'un léger effort, et on lui sait gré de tout cela. J'ai oublié de te dire que Cariès, en passant par l'exposition canine, en revenant d'avoir été toucher un « buste », a acheté 800 francs un chien du Kamschatka, qu'il appelle Tobolsk, parce que Rollinat lui a dit qu'il fallait l'appeler Tobolsk. Jamais sculpteur au monde n'a été plus empêché d'un chien ! Ce chien mange tout : les poules, les autres chiens, les bustes, les jambes de Mlle Minette du restaurant de la Truie qui File, et un peu Cariès. Cariès a loué pour son chien une maison de campagne du côté de Louveciennes, où l'on trouve une belle vue et un vieux docteur qui aurait pu écrire la *Chaumière indienne,* si les Prussiens ne l'avaient emmené à Munich, juste au moment où il allait se manifester par de bons écrits. Or, y mange un plat de Toulouse et l'on y embrasse la bonne du docteur qui est payse de Joséphin Péladan, et qui vous dit : « Bouffre ! Lâchez-moi le poille ou j'appelle à moi des braves gensses ! Porc d'Enferrr que tu esse ! » Délicieuses et très aphrodisiaques ces lutter imitées des arènes de Nîmes.

En voilà des potins ! Ah ! je ne relis pas ma lettre, par exemple ! Le petit vieux facteur résigné, notre ami,

attend dans la cuisine en buvant une lampée d'eau-
de-vie de prune. Paraît, d'après lui, qu'*Elle* va se remettre. Qui? La Vigne! parbleu! *Elle* !!

Quel potin je t'ai fait! Réponds-moi, mais sois « dis-
cret et convenable », car comme depuis longtemps j'ai
renoncé à déchiffrer tes mots tracés dans la nuit noire,
c'est *Auré qui lit,* ainsi *sois modeste!* Tu ne m'envoies
pas même des nouvelles d'Edmond. Quel fainéant tu
fais! J'irai te voir évidemment. Je rêve de la mer. Dans
tous les cas j'irai en Belgique bien certainement en
août ou en septembre, mais j'irai. J'ai soif de la mer et
je la boirais tout entière comme un Titan, tellement je
l'aime. C'est devenu une monomanie, une idée fixe. Je
vais vendre tout ce que je pourrai et je partirai pour
le Havre. Ne fût-ce que huit jours, il faut que cela ait
lieu. Homme heureux que tu es! tu polis tes bonnes
phrases à l'ombre des hêtres, loin des tribulations
et des turbulences d'ici. Mais il faut cela! c'est la
vie!

Et pense à ceci : *c'est que l'on ne produit rien en littérature française en dehors de Paris.* On est séduit
par la vie des champs : *elle est mortelle à l'esprit.* Il
faut qu'en octobre tu sois ici, et il faut qu'en septembre
au plus tard (août vaudrait mieux, il faut le temps d'im-
primer) Charpentier ou un autre ait ton livre dans les
mains. Donc il te reste au plus *deux mois.* Sans cela tu
vas encore remettre, repolir, refaire, et cela inutilement,
sans avantage pour toi ni pour ton livre. Puis enfin la
vie te talonne, et lorsqu'on l'a sur ses talons, il faut lui

faire face et se retourner. J'ai passé par de rudes moments, mais j'en suis content au fond : C'est l'éperon. Ne t'endors pas dans les bras de Blachère. *Toute chose non publiée n'existe pas* en art. Voilà le vrai.

Et puis « l'archant », Monsieur « l'archant » !!!

— Plus de papier! Écris vite. Je te serre la main, ainsi qu'à mon vieil Edmond.

Amitiés de la maisonnée. Quatre pages de copie, en voilà une lettre!

De cœur,

FÉLIX.

XXV

Fragments :

Novembre 1885.

Je dois partir pour la baie de Douarnenez avec Gouzien. J'y ai été en août. C'est un des plus beaux pays du
monde et je ne me lasse pas de l'Océan Atlantique comme
je me lassais de· la Méditerranée. Quant au Breton du
Finistère, c'est le dernier sauvage *et il n'a pas été fait.*
Tout le monde a peint les Bretons comme Dillens les
Zélandais. — Et quels paysages pour les paysagistes !
Mais pas de femmes ! C'est là que l'on peut voir combien
elle est nécessaire à la peinture.

Je t'assure que l'on n'a pas fait les Bretons. Quels animaux curieux ! Comment ont-ils fait pour se conserver
aussi brutaux, mauvais, hypocrites, sauvages et grandir
à travers les âges. Et cependant l'âme humaine y
vibre fortement, plus fortement peut-être que dans
les villes, chez l'homme surtout plein de cautèle et de
violence à la fois. La femme y est résignée et béate.
Et quel cadre que l'Océan Atlantique ! Une terre presque
inconnue, somme toute ; mais que l'on n'y voudrait pas

vivre! Elle est repoussante d'inhospitalité. Elle n'a que
des beautés colères.

———

Août 1886.

Le raisin mûrit. Mais, comme vigneron, je ne suis pas
content. « Elle a souffert. » Quand on dit « elle », en Gâtinais, c'est toujours de la vigne que l'on parle, ce n'est
pas de la sainte Vierge. ELLE, c'est la vigne, comme les
Romains appelaient Rome la Ville. Elle a donc souffert :
trop de chaleur tout d'un coup, cela sèche le fruit, puis
un peu de coulage, puis la grêle, car nous avons été grê-
lés! Le vin ne sera peut-être pas mauvais si la première
quinzaine de septembre est chaude. Voilà comment
parle, et moi après lui, le père Henriot qui a l'un des
forts clos du Gâtinais.

Alors Edmond va créer une vigne! Il a bien raison et
je lui enverrai de mes plants. Je veux améliorer le vin
du Gâtinais en faisant replanter les vieux plants : la
Moussière, le Meillet doré et y ajouter le petit Pineau
noir de Huy qui ici mûrirait toujours.

Nous parlerons de cela avec Edmond. Il n'y a aucune
raison pour que les coteaux de la Meuse ne produisent pas
d'aussi bon vin que les coteaux de la Moselle. L'Allemagne produit des vins blancs très acceptables. J'en
ai bu à Heidelberg et ils m'ont mis en grande joie.
Je ne parle pas des vins du Rhin qui sont exquis. Nous

ferons le clos du Grand Chooz. Je travaille la partie depuis deux ans et je ferai des essais.

En novembre, je sèmerai pour envoyer à Edmond des rosiers inconnus en Belgique et qui feront merveille dans son jardin. J'ai des rosiers grimpants qui deviennent étonnants en deux ou trois ans. J'ai toujours été un plantiste malheureux, toujours joué par le sort ingrat qui me force d'abandonner aux autres mes plantations? Qu'est-ce que cela fait? Le véritable plantiste plante pour planter.

> Nos arrière-neveux me devront un ombrage,

dit le vieux fabuliste La Fontaine.

1886.

Me voici, cher ami, sur les bords fleuris qu'arrose la Seine où cette vieille prude de Mme Deshoulières embêtait ses brebis en leur racontant « ses poésies fugitives ».

Je suis venu pour surveiller les vendanges et regarder les vendangeurs pincer le muscle grand fessier des vendangeuses. « C'est ce qui donne le bouquet à notre vin ! » clame notre maire, grand chevaucheur de filles et videur de bouteilles itou, ainsi qu'il convient à un brave monsieur du pays gâtinais. Le vin est bon. Les paniers pèsent lourd aux épaules des filles qui font jaillir superbement leurs tétons, les blancs des bonnets chantent dans les pourpris des clos sous le ciel d'un bleu automnal et clément. Le joli ton frais des jambes nues que, sans vergogne, montrent fièrement les vendangeuses et que les bas balafrent de bleu ! Tout cela, je t'assure, fait un spectacle bien gaulois qui vous illumine les yeux et vous charme le cervelet en sortant de cette Bretagne au noir et coriace feuillage, aux sombres chênaies, aux croix de carrefours évocatrices de mort, au granit plus sombre que ses enfants dont je vois encore les mains lamentables et suppliantes.

(Rops est bien plus un peintre faunesque de nudités, de courtisanes et de vives paysanneries, que le peintre des élégances maniérées et des toilettes. On peut rapprocher cette lettre de la précédente :

« C'est très beau, les belles filles dans les grands paysages. Mon vieux compagnon Rubens le savait bien quand il lançait ses hardes de grandes filles aux tétons résolus sous les hêtrées. Une de mes tristesses, mon cher, c'est la police. En nul endroit de cette bonne France, il n'est permis de mettre à nu de belles cuisses le long d'un ruisseau et de les peindre à leur plus grande gloire. J'y ai mis de l'entêtement et, aidé par la haine que je porte à toutes les législations et à tous les hémorroïdaux, je trouve des coins où les gardes champêtres, qui ont toujours peur des vipères, n'osent pénétrer et où je peins en belle lumière, sous les saules vers lesquels elles n'ont pas envie de fuir, des Galatées qui feraient rougir l'honnête Virgile. *Fugit ad Salizelle.* »)

(Cité dans le Catalogue Ramiro.)

XXVI

15 septembre 1886.

Mon vieux,

J'écrivais à Dom lorsque ta lettre m'est arrivée me disant qu'il était à Chooz ; je la lui adresse là-bas. Je lui narre mes infortunes : abcès et opération au pied, indisposition, maladie de Clairette, etc., etc. Lis la lettre de Dom, elle te mettra au courant de tous ces ennuis, ennuyeux aussi à raconter. C'est assez de les écrire une fois, cela servira pour deux.

Je serai très probablement en Belgique, si la maladie de Clairette tourne du bon côté, dans le courant de la semaine prochaine. Je passerai par Chooz. S'il fait beau, je vais passer la saison à Ostende dans un petit hôtel très modeste que je connais. S'il fait laid, je ferai un tour en Belgique et je m'arrêterai à Chooz en repassant. Voilà un bout de programme.

Quant à toi, j'ai bien envie de te dire des injures ; tu en trouveras trace dans la lettre à Dom d'ailleurs ! Comment ! tu es depuis le commencement de l'été dans un coin et ton roman n'est pas fini, non seulement fini, mais chez l'éditeur ! Mais tous les romans qui doivent

paraître cet hiver sont chez les éditeurs! Si tu dois l'envoyer à un journal, traite cela par correspondance. Tout
ce que je te dis là, je te l'ai dit fin 83, fin 84, fin 85 et
nous sommes à la fin de 86! Ah çà! mais le temps ne
compte donc pas, pour toi?

Il y a dix ans que tu as fait paraître chez Lemerre ton
roman. C'est effrayant, et cela ne t'effraie pas! Tu fais
deux ou trois nouvelles en un an et tu trouves que c'est
bien. La nécessité était venue et j'en augurais bien pour
ton travail, mais nous sommes en octobre et tu dis que
cela sera long encore! Ah çà! c'est donc bien difficile
pour toi de finir une chose, un livre, et de le publier. Je
ne parle pas des nouvelles. Tu ne peux en faire qu'en
marge. Ton travail est trop pénible et trop consciencieux
pour ce genre-là. Il faut un premier saut qui est le charme
de la chose, et que ton procédé de labeur ne comporte
pas. Tu n'y gagnerais pas pour ton tabac. Ah! si, après ton
roman, tu en avais publié un 2e, puis un 3e, tout simplement, tu serais arrivé dans un genre qui t'était naturel,
chose énorme! à une amélioration forcée, et tu posséde-
rais l'expérience que donne la chose publiée! Expérience
qui ne s'acquiert que par la publication, sans compter
l'argent, non pas considérable, mais rémunérateur tout
simplement. Et la réputation qui est de l'argent! Et note
que tu seras forcé d'y arriver et de remonter à ton roman d'autrefois parce qu'*on ne donne que ce que l'on
peut donner, et cela d'emblée.* On perfectionne, on s'amé-
liore, mais toujours dans la donnée de sa première production qui est soi. Et tu as voulu être autre que toi.

J'ai vu Daudet et j'ai eu avec lui, à ton endroit,
une conversation que j'aurais voulu que tu pusses
entendre. Et tu sais sa pénétration des choses et
des hommes! Il a eu, à propos de lui et de toi, des
mots très vrais. « Comme beaucoup, dit-il, un peu
poussé par moi hors de sa réserve, H. avait dans ses
mains un bon petit violon, pas toujours bien au ton, ni
bien sonore, mais qui faisait plaisir à entendre et faisait
bien sa partie au concert. Il a entendu jouer les grandes
orgues et, comme moi, il a voulu jouer de ces instru-
ments pour lesquels il faut de grandes mains, et il a
lâché son violon pour apprendre l'orgue, le grand
orgue! Moi j'ai vite vu que je ne tirerais pas mes effets
de ce grand instrument, si je voulais le faire chanter son
plein, et je n'y ai joué que les airs qui charmaient sur
mon violon, ce qui m'a sauvé. Balzac et Zola, Hugo et
Dickens sont les derniers grands joueurs d'orgues. » Note
que ce qu'il dit n'est que de la supposition puisqu'il n'a
rien lu de toi, mais il est très devinateur. Pour moi, je
te connais personnellement, cérébralement, et je connais ta vision. Du talent tu en as, ce n'est pas niable.
Seulement je vois qu'en art tu poursuis une chimère de
rendu irréalisable, et, qui plus est, inutile. Faire vrai absolument, faire parler vrai est une niaiserie et une inutilité.
Candide est aussi vrai et plus vrai même qu'une scène
photographiée d'Henri Monnier. Se laisser aller à sa nature et produire comme le prunier produit des prunes, là
est le vrai! Je suis persuadé que ce que tu as fait depuis
dix ans sera « plus fort » que ce que tu faisais aupa-

ravant, mais je suis persuadé aussi que cela aura perdu
du « charme », qualité que tu avais et qui est le succès.
Tu n'as pas perdu dix ans, mais si tu avais produit heure
par heure, tu aurais produit des choses charmantes que
tu ne produiras pas, que tu ne peux plus produire parce
qu'on ne recommence rien! Si je n'avais pas produit depuis dix ans, et si j'avais travaillé tout le temps, je ferais
des œuvres plus fortes, mais je n'aurais pas passé par
les deux ou trois cents dessins faits depuis 1875, dessins
produits à leur heure! Et c'est là le vrai. Tu as la plus
déplorable et la plus sotte façon de travailler qui soit au
monde, et elle t'a mené et te mènera à un éternel rabâ-
chement de ton œuvre. Quand on relit l'œuvre *constipée*
de Flaubert (hors *Madame Bovary* et la *Tentation* écrites
en pleine jeunesse), on sent l'impuissance et l'entêtement
stériles. Quelle petitesse à côté de la belle abondance
de Balzac! Je sais ce qu'a voulu faire Flaubert, mais
cela n'a pas eu lieu, cela n'existe pas. *Salammbô,* c'est
lui et dans ses lettres il méprise ce livre *facilement
fait!*... Les gens de cette trempe ont une manie et tu
approches de cette manie, c'est de croire que les choses
qu'ils ont le plus travaillées sont les meilleures. Quelle
erreur! En dehors des livres de philosophie et de méditation, les plus belles œuvres d'art du monde ont été
« enlevées » dans la rapidité, dans l'envolée de l'inspiration. Et vivent les défauts surtout! les défauts en art,
c'est la vie, c'est la vibration, c'est vous donné sans la
retouche et la correction refroidissantes et inutiles à
l'œuvre.

13

Je sais qu'on ne te fera jamais entrer cela entre les
deux sourcils, mais j'ai raison et je te donne, si tu pu-
blies, quelques mois pour être forcément de mon avis.

Hervieu vient de publier un excellent livre de contes.
Il y a une nouvelle fantastique, les *Yeux bleus et les
Yeux verts,* qui est merveilleuse, de premier ordre. Il y
en a d'autres moins bonnes, quoique caractéristiques.
« Je les ai mises ainsi, dit Hervieu avec son fin sourire,
parce que de deux choses l'une : si je les laissais dans
mon tiroir, ou je ne les publierais pas, ou je les publierais
l'année prochaine, et l'année prochaine je ne serai plus
moi! je serai un autre, et votre œuvre doit être vous. »
Note que ces paroles qui ont l'air d'avoir été dites pour
toi, viennent d'être prononcées ici, il y a une minute,
sans aucune suggestion de ma part! Quel hasard! Et
quelle vérité, surtout! Tu sais que tous ceux qui pensent
juste sont de cet avis de la publication au fur et à mesure
de la production comme expression des jours que vous
vivez! De là la première, deuxième, troisième, qua-
trième manière des peintres. Ils peignent leurs sensations, et leur manière de sentir la vie et de l'exprimer
au moment où ils peignent, comme l'écrivain au moment
où il écrit. Tu es parti du pied gauche dans une mauvaise route à cailloux et à fondrières, et tu y patauges
depuis dix ans sans vouloir du bon petit sentier net,
clair, facile, qui menait aux bons endroits. Tu arriveras
aux mêmes points, mais on sentira la fatigue de ta
marche, et les ahan de l'effort pour te lever de l'or-
nière.

Je te trouve étonnant de ne pas voir la niaiserie de ton labeur.

Enfin je voulais te faire mon sermon de 1886. Je te le referai en 1887, car je crois que tu ne seras guère plus avancé qu'aujourd'hui.

J'ai fait trente eaux-fortes et dix dessins pendant le mois d'août. Si je les avais mises de côté pour leur repolir les plis du ventre et leur peigner la tignasse, ils ne seraient pas, et ils sont.

A bientôt donc, mon cher ami, et si tu veux être enfin un être quelconque en art : flanque de côté, jusqu'à nouvelle œuvre, toutes notes, toute nouvelle commencée, toute femme si tu en as encore (tu n'étais pas plus né pour vivre avec une femme que pour faire du roman philosophique), achève ton roman en quinze jours et publie, publie, publie! Tu en feras un autre après si tu as quelque chose dans le ventre. Et si tu n'as pas grand'-chose, tu sauras au moins à quoi t'en tenir. Mais nous sommes en 1886. Il y a onze ans que tu n'as pas fait un livre! Si tu vivais 350 ans comme Mathusalem, ce serait bien, mais nous touchons à la vieillesse! C'est une singulière maladie que celle dont tu es atteint de vouloir absolument être un écrivain *in partibus*, comme Mgr For-geot est évêque de Troie en Asie Mineure. Vraiment donne signe de paternité. Sans cela je ferai mettre sous toi un cahier de papier en porcelaine comme on met des œufs d'albâtre dans les nids des serins pour leur donner l'illusion de la production. Allons, quinze jours de travail, mais pas seize, ou tu es foutu.

N'oublie pas que si tu dois venir à Paris pour ton roman, on tâchera de t'avoir une passe et tu mangeras chez moi. Je te trouverai un logement. Donc tu pourras traiter. Mais hélas! ton roman de Pénélope doit encore « avoir des retouches! » Je le sens, cela n'est pas fini! C'est le grand œuvre des alchimistes du moyen âge.

Pour la question d'argent, arrange cela comme tu pourras et comme tu voudras. Je tiens 50 francs à ta disposition fin septembre. Soixante par billet si tu veux. J'aimerais mieux le billet, ayant besoin de tous mes fonds pour filer et me remettre en santé et ma fillette itou.

Amitiés de la maisonnée,

FÉLY.

XXVII

1886.

Fragments :

Oui, j'ai un fond de tristesse. J'ai la goutte ! mon ami, la vraie goutte ! Gutta-percha ! la goutte qui tombe sur nous comme sur les pourceaux d'Épicure. « *Epicuri de grege porcum !* » Me voilà goutteux, et cela me vient de mon grand-père. Je paie les frais arriérés et intérêts d'intérêts dus au duché de Bourgogne par les vassaux du pays wallon.

1886.

Le *Calvaire* de Mirbeau en est à sa vingtième édition. La *Jeanne Avril* de R. de Bonnières un succès, la *Francillon* de Dumas fils un triomphe.

Le roman naturaliste est à sa fin. Partout on vilipende ces romans-là, on tombe dessus. Cela va devenir une fièvre qui porte sur les nerfs des gens. Le genre philosophique à la Bourget a du succès. Ces gens qui par-

lent et vivent comme tout le monde ont toujours été as-
sommants. On demande du faux. Je l'avais dit à Zola il
y a six mois : l'avenir est aux *Trois Mousquetaires*.

Rops d'ailleurs admirait beaucoup les *Trois Mousquetaires*. Il avait bien raison! Le goût de l'aventure
n'est-il pas humain, et le roman à la Dumas n'a-t-il pas
sa vérité? Pourquoi le banal seul serait-il le vrai? Ce
que nous avons rêvé n'est que ce qui a été vécu déjà et
que nous pouvons vivre encore.

Rops ne croyait pas que la fantaisie en art fût l'en-
nemie de la vérité. Sur les illustrations de Zadig il écrit
cette lettre : « Je ferai cela comme l'eût compris Monnet,
dans cet Orient de convention si charmant où se meuvent
le *Mahomet* de Voltaire et le *Bajazet* de Racine. Il ne
faut pas voir là dedans l'Orient de M. Marilhat, de
M. Gérôme et de tous les orientailleurs modernes, mais
le vrai Orient des féeries, le seul vrai pour y mettre de
jolis tétons et des fesses rosées comme les aurores avec
des Turcs d'un gracieux opéra-comique dans des décors
délicieusement conventionnels. »

(Cité dans le Catalogue Ramiro.)

XXVIII

8 décembre 1886.

Ah ça, mon vieux, décidément tu ne veux pas donner signe de vie! Passeras-tu l'hiver en Ardenne? Songe qu'en admettant que ton livre soit destiné à paraître en mai, tu auras à la nouvelle année juste le temps de le faire paraître. Fais attention, mon vieux, et garde-toi de l'enlizement! Aux *Bons Cosaques,* avant-hier, Maurice Bouchor me disait : « Au bout de trois mois la campagne devient improductive pour l'artiste. On n'a plus la vue. » C'est ce qui explique la stérilité de production de la province. Enfin je t'ai dit tout ce que j'avais à te dire à ce sujet. Voilà huit mois que tu es là, et tu n'as pas gagné un rouge liard. Juge où tu vas! Ton système serait bon si l'on avait douze cents ans à vivre et cinquante mille francs de rente. Voilà dix ans que tu n'as rien publié! Dix ans! une demi-vie! Je respecte ton cas comme phénomène physiologique, mais je préférerais l'observer et le constater chez un autre que sur un vieil ami...

Ici il y a le grouillement joli de la rentrée : dîners, théâtres, pièces nouvelles et livres nouveaux et revues à leur aurore. Pour apprécier Paris, deux mois de séjour en Belgique sont une excellente préparation. Parmi les volumes frais éclos : le *Calvaire* de Mirbeau a fait grand tapage : un livre curieux et intéressant d'ailleurs, écrit avec une fougue et une violence rares. Nous avons eu la *Renée Mauperin* à l'Odéon : succès d'artiste, début d'une jeune fille qui sera, si le diable lui prête vie, une grande artiste : Mlle Cerny, et nous attendons le *Michel Pauper* de Becque. Chez Haraucourt, devant « un public choisi », lecture de son livre *Amis*, un roman très remarquable, acheté par Charpentier et qui va paraître en mars. C'est très fort et très neuf. Je travaille au frontispice du livre de Dammartin, *les Notes d'un vagabond* qui va paraître aussi en mars, au plus tard. Uzanne déménage et va planter sa bibliothèque au-dessus du quai Voltaire dans un des plus jolis coins aériens de Paris. A la maison nous travaillons tous pour cette fin d'année. La ruche bourdonne, nous mettons le miel en rayons pour le sortir aux premiers soleils. On se porte bien. Cariès fait le buste de Clairette. On a institué un petit dîner du jeudi auquel il ne manque que toi. Allons, lâche les saboteurs et les sabotiers. Je te fournirai un logement, tu peux manger chez moi en attendant la fortune. Si ton roman n'est pas fini, il ne le sera *jamais!* Pourquoi le serait-il plus dans six mois? Et surtout n'y fourre pas trop de paysans! C'est bien usé le paysan! Si Millet revenait, il crèverait de faim comme pendant sa vie : cela n'intéresse plus, on a trop tiré sur la corde des champs, et c'est encore au boulevard des Italiens que l'on crée les meilleures maximes des agrestes! Finis-en une bonne fois et

crois-moi, le temps n'est plus aux machines fouillées et
farfouillées. On vit trop vite ! Et le public qui achète
des livres ne leur demande, ainsi qu'à la peinture, que
des impressions rapides comme sa vie à lui. Cela c'est
absolument la vérité et la vérité vraie. Il faut être de son
temps avant tout, sous peine de n'être pas, et tout le
monde sent cela, excepté toi. Tu vis dans l'hypnotisme
d'un travail mal compris. Heureusement, j'espère encore
en l'expérience qu'apporte toujours la mise en lumière
d'un œuvre quelconque. Ce n'est pas que j'espère beaucoup, car il y a là un cas pathologique, assez commun
d'ailleurs, mais, si faible qu'elle soit, l'espérance existe.
Je ne lis pas l'*Illustration*. As-tu envoyé quelque chose ?
— Sapristi, mon vieux, tu t'es laissé déjà, par des entê-
tements enfantins, bien terriblement acculer par la vie !
Tu as dû sacrifier, à cet entêtement à ne pas produire,
un intérieur et une femme. Vas-tu pousser la chose jusqu'à te sacrifier, toi, jusqu'aux bottes ! Tu me fais l'effet
d'être hanté par un rêve de toqué, je t'assure. Songe sé-
rieusement que nous entrons en 1887 et qu'en décembre 1884 tu me disais : « Mon roman va être fini dans deux
mois au plus, je le lirai à Daudet et à Charpentier. C'est
presque fini ! » Sacredié, tu es un terrible cas ! Ah ça !
pourquoi ne fais-tu pas un autre métier, puisque tu ne
veux pas faire celui que tu as ! Celui de littérateur en
expectative n'a pas cours, je t'assure !

Toujours, entièrement à toi, mon vieux. Amitiés d'ici.

Félicien ROPS.

XXIX

1er février 1887.

Mon vieux,

Ne recevant rien le 31 janvier, j'ai vendu tout ce que je pouvais et je suis arrivé à réunir 70 francs en brocantant pour 300 francs de gravures. Que veux-tu que je te dise? Si les autres étaient comme toi et eussent couvé leurs œufs de chefs-d'œuvre pendant quinze ans, Daudet serait encore à se dire : « J'ai un roman étonnant, *Rissler aîné!* je le donnerai dans vingt ans. J'attends le moment. » Rien à dire ! Dans dix ans tu seras comme je te l'ai dit, conseiller communal à Chooz et tu auras l'estime littéraire du père Blachère. Cas pathologique, je te le répète, et rien autre chose. C'est très sérieux, ce que je dis là, et je crois que Daudet a raison à ton propos. Réfléchis, cela devient fantastique. Seulement, tu fournirais un type amusant à une nouvelle à la Maupassant : *Le littérateur en expectative.* Il y a quelque chose à faire là-dessus. L'*Illustration* n'insérera pas tes *Gilles de Binche,* attendu qu'on se fout des Gilles ici ! La revue de Dumas ne paie plus. Elle a payé énormément. Soixante-

dix mille francs aux littérateurs. Chiffre officiel ! mais elle
a payé aux *lièvres,* pas aux tortues. Même quand les tortues ont du talent, tortues elles restent ! Et si les quinquets
ont raison, cela n'empêche pas que l'on s'éclaire à l'élec-
tricité. Bourget, un lièvre, a un très gros succès avec *André Cornélis.* Quinze mille, achetés d'avance chez Lemerre. Mais ne te trompe pas ! on achète cela parce que
Bourget ne quitte pas les salons, comme Daudet ! Ici on
se fout des choses littéraires : — c'est ce qu'on appelle
la « renaissance des lettres » ; — on se fout aussi d'ailleurs des choses de peinture ! La politique et la Bourse
occupent tout, et le reste n'est que mode. On vend un roman quand on a un nom. Et ce nom, il faut l'avoir conquis
par dix romans répétés coup sur coup. Voilà, tu
en es à ton premier, l'autre étant oublié, et tu le retar-
des ! Tu t'embourbes de plus en plus chaque jour chez
Blachère, et tu n'en sortiras pas parce que tu as tes
couilles dans le dos au lieu de les avoir au cul, ce qui est
la vraie place, crois-moi.

Du reste, encore un coup : quand on n'est pas sur place
pour placer des articles aux revues, cela n'a pas de
chance d'y être reçu. Les amis encombrent les bureaux et
les plus malins y fourrent leur copie. Et c'est justice que
ceux qui se remuent réussissent. Tu n'as qu'une chose
à faire : envoyer ton livre à Lemerre lorsque tu l'auras
retouché. Tu ne vivras pas avec tes nouvelles. Il y a trois
cents bonshommes qui font des nouvelles dans trois
cents endroits. Tu comprends que les gens qui sont à
Chooz à faire « de la littérature » lorsqu'ici on fait « de

la copie » ont chance de mourir là-bas dans un âge
avancé et vierge de succès.

Du reste, je t'ai dit là-dessus tout ce qu'il y avait à
dire. Je connais mon Paris actuel et tu me fais l'effet
touchant d'un monsieur en casque, en haubert, avec une
épée à la main, qui irait de l'avant vers un canon Krupp.
Tu es le dernier des Don Quichotte, mais tu l'es avec
héroïsme. Ne crois pas que ce soit pour les 70 francs
que je te dis tout cela. Je ne tiens pas aux choses, même
les plus curieuses, et j'ai vendu avec plaisir pour toi,
mais tu ne te doutes pas de l'épique dans lequel tu erres.
Et cela en admettant que ton roman soit le plus grand
des chefs-d'œuvre. Cela dit, remets-toi sur tes œufs. A
toi, mon vieux, tu as une terrible cataracte!

        A toi.

                                FÉLY.

Note qu'il y a quatre ans que tu m'écris que tu vas me
répondre. Quatre ans! nous sommes en février 1887.
Inutile de te dire, mon vieux, que si Masson prend ta
nouvelle, il faut te faire expédier l'argent. Ce que je viens
de faire est passé aux vieux comptes : donc effacé. Ne
t'occupe plus de tes nouvelles et finis ta tapisserie péné-
lopienne. Fais ton livre, achève, malheureux, achève! et
ne songe pas surtout que tu donnes « ta vie » : tu donnes
un roman, voilà tout! Vois ce que t'ont rapporté tes nouvelles : pas de quoi fumer. Tu n'as pas idée comme
c'est drôle tout cela. Il n'y a qu'à Chooz qu'on trouve un
littérateur comme toi.

XXX

20 mars 1887.

Mon cher ami,

J'étais avant-hier, jour de la mi-carême, à la Roche Claire et tout en regardant bourgeonner mes marronniers malgré les frimas, je songeais à toi et je te voyais, *il y a deux ans, deux ans!* arriver avec ton roman « Peau de chagrin » à la Roche-Claire, me disant : J'en ai pour deux mois, dans deux mois mon livre sera fini! Ces deux mois ont duré deux ans! — Et je gage que tu es encore à me dire : Mon livre sera fini dans deux mois! Tu ne réfléchis donc pas au *temps?* Tu te vois, comme nous tous, devenir vieux et chenu sans t'émouvoir? Quelle étrange destinée fait à certaines gens le dada littéraire mal enfourché? Mon brave ami, tu inquiètes véritablement tous ceux qui t'aiment encore. As-tu espoir de finir enfin ce malheureux bouquin? ou vas-tu passer tes derniers jours collé à ces pages comme les mouches, après l'hiver, sont collées, à demi desséchées, aux tapisseries gluantes des caba-

rets de village? Ta vie va-t-elle s'achever en ces aber-
rations? Je t'ai dit là-dessus ce que j'avais à te dire et je
ne veux plus répéter ces formes de mon blâme qui n'est
que l'écho de bien d'autres blâmes. As-tu fait paraître
quelque chose? Masson t'a-t-il pris un de ces contes
que tu engendres avec la lenteur des proboscidiens?
Pour l'amour du diable sors de ce travail hypnotique,
qui est folie pure, qui ne te mènera qu'à la misère
noire, qui te plongera dans des embarras de vie dont
tu ne pourras plus sortir et où tu resteras à jamais!

Que veux-tu, c'est un sort! Il n'y a plus à en parler!
Du moins écris deux mots pour dire si tu es, oui ou
non, encore dans ton trou et si tu as encore assez de
virilité pour en sortir.

Ici les livres succèdent aux livres. Dommartin
même vient de faire paraître le sien. Bon aspect de bon
succès. C'est de la belle langue, et c'est plein d'anecdotes. Beaucoup de vie et de belles pages. Dom est ici
pour l'instant leste et bien portant et satisfait de sa
trouée modeste. *André Cornélis* semble être pour
Bourget un fort succès. *Numa Roumestan* a réussi
pleinement à l'Odéon. Les expositions de peinture se
succèdent comme les livres. Il est vrai de dire que, de plus
en plus, la politique et le mouvement de la vie obligent
à lire légèrement. Puis les idées que l'on a, étant toujours dans l'air ambiant, il est bon de *les vite publier;*
sans cela, comme me le disait très justement Stéphane
Mallarmé, « les idées s'embêtent et vont dans la cervelle
des autres ». Que cela est juste!

Si tu prends envie de manifester ton existence par quelque chose, il faut que tu te presses, car la fin du siècle approche, mon vieux, et notre fin à nous aussi !

Rien de nouveau. On te fait de grandes amitiés dans la maison. Tu as appris la mort d'Émile Hermont, héroïque au fond. J'ai tant dessiné et publié de choses nouvelles depuis cinq mois que j'en ai gagné presque une grosse réputation. Ah ! nous ne nous ressemblons pas ! Je ne gagnerai d'argent qu'une fois cette réputation assise sur ses quatre pattes. Et pour cela je ne connais qu'un moyen : faire le plus rapidement possible, attendu que si vous avez des qualités artistiques réelles, elles se mettent *malgré* vous dans vos œuvres. Un rossignol ne chantera pas comme un serin, même le voulût-il. Tu le verras quand tu publieras. On ne fera pas plus attention à ton œuvre que si tu y avais travaillé six mois au plus. Et elle n'aura pas *une seule qualité de plus* que si elle avait été faite en ces six mois. Parce qu'on ne peut mettre dans une œuvre que ce que l'on doit y mettre ! ce que vous avez dans votre sac ! Les œuvres peinées sentent l'huile et ne sont pas meilleures que celles qui sont improvisées. Tu reconnaîtras cela un jour ! Un mot à travers tout cela , et ne me parle littérature que pour me dire : Je porte mon livre à Lemerre demain. Et je n'y croirai qu'après ton arrivée. A toi, malgré les tristesses que je voudrais t'épargner.

F. ROPS.

P.-S. — J'oubliais : Si tu te décides à venir à Paris, je pourrai très facilement m'entendre avec toi pour te réinstaller un petit logement, car rien n'est plus niais que de rester dans un constant éloignement du *seul milieu,* où, de l'avis de tous ceux qui ont quelque souci de faire bien, il est possible de faire œuvre littéraire et surtout d'en vivre. — Si tu étais resté ici, tu vivrais au même prix qu'à Chooz, — car Hennequin, par exemple, vit avec 5 francs à Neuilly, et parfaitement, tout compris. — Le même Hennequin, qui est suisse, froid et méthodique par-dessus le marché, me répétait : « Jamais je n'ai pu obtenir d'aucune revue qu'elle publiât un article de moi lorsque j'habitais la Suisse ». Et je l'ai vu et éprouvé par moi-même. J'ai proposé — très audacieusement! — un conté de toi à la *Revue illustrée.* On m'a répondu : « Non, il faut envoyer les épreuves autre part qu'à Paris, écrire lettres sur lettres, ne pas pouvoir causer avec l'auteur. Nous ferions cela pour Taine ou Renan; pour un inconnu, non! Nous en avons énormément ici des inconnus, prêts à accourir ici, qui ont probablement autant de talent que votre ami, et qui demeurent là, à côté. » Puis on réussit surtout matériellement par des relations. Et les plus forts (je sais surtout cela depuis un an que je fréquente beaucoup le monde des lettres) les plus forts y ont recours. Surtout Daudet et Zola. Tu pars de cette bonne bêtise avec laquelle j'ai vu tant d'honnêtes garçons mourir de faim : « Quand j'arriverai avec une œuvre forte, là, forte! je ferai mon trou et je réussirai d'emblée. » C'est l'histoire de quarante misères que je connais et de dix morts, dont celle de Dubois, que nous connaissons. Ici, où il y a tant de gens de beaucoup de talent, cela ne se compte plus. Je relis depuis deux jours le *Crépuscule des dieux*, une merveille de passion, de langue, et d'un moderne! L'auteur meurt de faim et ne vit que par la famille de sa femme qui l'aide. Cela m'a été raconté par un de ses amis intimes. Et il a eu un succès! Et un beau succès « littéraire ». Il n'est pas vrai, qu'en un temps où les choses les plus graves sont forcément traitées légèrement parce que les grands intérêts de la vie sociale préoccupent toutes les forces et tous les esprits, il n'est pas vrai que la littérature ait encore une grande importance. Le théâtre seul vit. Dans un très bel article dernièrement, Lavedan expliquait le succès du théâtre qui remplace de plus en plus le roman parce que les gens surmenés ne peuvent plus apporter que des distractions à leurs occupations journalières. La peinture « d'art » disparaît pour ces causes. On s'américanise de plus en plus. L'Amérique n'a qu'un art et n'aime qu'un art : le théâtre. Il y a cinquante millions d'hommes qui vivent très bien ainsi en bonne santé. Quant à la nécessité de faire paraître ce que l'on fait *tout de suite*, elle est indéniable, absolue et de première nécessité. Il en est de cela comme de la gestation humaine. Tous les grands hommes le reconnaissent. « Mon roman a trop vieilli », disait Flaubert en parlant de l'*Éducation sentimentale*. Flaubert pourra toujours être considéré comme un excellent écrivain, jamais comme un grand écrivain. C'était

14

un tripoteur d'œuvres à satiété. Si tu veux une preuve
en plus de la nécessité de faire lire aux autres hommes
l'œuvre écrite par vous au moment de sa conception
ou plutôt de sa venue, je te dirai que l'autre soir, aux
Bons Cosaques, il y avait réunis trente hommes de lettres, la fleur des intelligences actuelles; tous ont été
d'accord que si *Madame Bovary* apparaissait sur
l'heure, elle n'aurait qu'un succès de « rétrospectivité »,
tellement les idées subissent de transformations en
trente, vingt, dix et même cinq ans. Les chefs-d'œuvre
reviennent sur l'eau toujours après un ou deux siècles,
lorsqu'ils deviennent de l'histoire. Le style très pur,
mais impersonnel, ne touche personne. On ne frappe
que par la langue et les défauts de son temps. D'où le
succès du livre de Flaubert qui était *de son temps.* Il
reviendra, mais les jeunes, jeunes (j'ai deux ou trois
petits amis très lettrés) vous disent : « Au temps de la
langue de *Madame Bovary!* » Je crois bien, ils ont
vingt ans! Ils avaient trois ans à la guerre! Et cela a
toujours été ainsi, et cela sera toujours de même. Il
ne faut pas tant aimer et tant respecter ses propres
œuvres que tu le fais. Il faut faire comme tous les forts,
forts, les jeter au vent, en vivre, ne pas les couver, par
ce qu'on n'est jamais sûr que le poussin qui est dans
cet œuf est viable. Puis il n'y a rien de si intéressant
que cela dans toutes les œuvres humaines. Il faut les
porter, et les laisser pousser, et les laisser tomber,
comme les arbres laissent tomber leurs feuilles au printemps et à l'automne. Si l'arbre n'est pas sans belle

sève, il reverdit deux mois après et il recommence.
Voilà le vrai!

A toi.

FÉLIX.

(Rops cède encore ici au préjugé de « la vie moderne »
sans se demander si cette vie n'est pas la maladie
plutôt. Il est certain que l'ensemble des hommes ne
ne lisent presque plus : Peut-on prétendre cependant que
la pensée a cessé de les gouverner? Qu'un livre se
fasse connaître d'un seul être et que cet être fasse agir
tout un peuple, dira-t-on que le livre n'a pas eu d'influence? Ce sont peut-être les *Tragiques* d'Aubigné,
connus seulement de quelques lettrés, qui ont suscité
les vers si célèbres des *Châtiments*. Que de poètes, que
de philosophes ignorés furent les pères spirituels d'é-
crivains fameux.

Qu'il faille écrire pour son temps, comme Rops le
recommande, c'est plus sage et moins téméraire que de
songer à la postérité. L'œuvre vite composée a certainement l'avantage d'exprimer mieux nos impressions, et
d'avoir aussi plus d'action sur les lecteurs du moment,
mais enfin le livre, qui ne meurt point avec nous, peut
bien s'adresser à d'autres qu'à nos contemporains.
Balzac et Stendhal sont mieux connus, mieux appréciés
à présent qu'à leur époque. Et que dirions-nous des

poètes grecs et latins, des latins surtout si neufs, même
si actuels malgré les siècles!

Au fond, une exécution rapide convient aux œuvres
de sensibilité et une exécution lente, aux œuvres de
pensée où les sensations sont subordonnées au jugement.

Rops a peut-être écrit la lettre qu'on vient de lire
pour se convaincre lui-même et s'entraîner à cette
grande production hâtive qu'il sentait nécessaire à sa vie.
En réalité, comme on l'a vu dans une lettre précédente
où il dit : « Mon goût me pousse à finir comme un gothique », ses œuvres, comme les œuvres des maîtres,
sans être fignolées, sont très soignées d'exécution. Ce
qu'il y a de caractéristique chez lui et qui est le propre
de tous les véritables créateurs, c'est qu'il n'y a pas
d'hésitation ni de retouche après coup dans son travail.
Il a un idéal qu'il veut atteindre, difficile parfois et
qui lui coûte du mal, mais une fois qu'il y est parvenu,
il passe et va plus loin. L'homme qui emploie son
temps à piquer des notes et des croquis sans aboutir,
l'homme qui défait sans cesse ce qu'il a fait la veille,
certainement est un malade et son travail n'a aucune
utilité, même pour lui. Vivement ou lentement, mais
toujours franchement, le véritable artiste va droit à
son œuvre, sans revenir sur ses pas, d'une marche
sûre. Il est bon, en un temps où l'impuissance était regardée comme une vertu littéraire, mise à la mode
par Flaubert, il est bon de voir Rops remettre en honneur la vertu de l'artiste doué : la fécondité heureuse
et sereine.)

XXXI

Mercredi 8 décembre 1889.

Mon vieux,

Je t'écris au galop pour la question d'argent parce que ces choses-là, il faut y répondre tout de suite, elles sont toujours embêtantes : je travaille depuis le 1er novembre pour mon échéance de décembre : 31 *décembre!* Le premier janvier je n'aurai pas cinq centimes dans ma poche! Si j'arrive à payer ce que je dois, ce sera miracle. Donc, mon vieux, impossibilité pour les quatre-vingts francs! Encore une fois, je ne me plains pas de ces misères : elles me font produire. Ce que je ne ferais pas sans cela. Maintenant tu dois avoir besoin de quelque argent de poche en ces vilains jours du nouvel an, charmants, n'étaient les étrennes! et si un billet de vingt francs peut te servir à quelque chose, il est à ta disposition, de cœur, comme tout. Nos lettres se sont croisées. J'avais éprouvé le besoin de te dire la conversation de Daudet, qui te la répétera à l'occasion, et c'est dommage que tu n'aies pas continué à le voir, je crois qu'il aurait pu avoir une influence salutaire sur ton esprit parce qu'il voit « juste, clair et net ».

Mon cher vieux, ta lettre est parfaite et sincère, mais je n'y crois plus. Il y a neuf ans que tu me le dis ! Oui, ton monsieur Edmond Duillant, le médecin de ton livre, pourrait m'intituler « agité, passionné, agitant ». Mais il devrait ajouter agissant ! — Il y a neuf ans que tu me dis ta petite idée, et que tu me racontes ton « genre de travail ». Nous verrons le résultat. Je crois, te connaissant, que tu aurais pu arriver au même résultat plus tôt de quelques années. Tu me cites des mots faux : Fromentin, comme moi d'ailleurs, n'aimait que les quatre murs et la table nue, mais il les a toujours eus en pleine vie de Paris. C'est ici qu'il a fait *Dominique*, c'est ici qu'il a écrit le *Sahel*. Puis Fromentin avait un métier de peintre qui le faisait vivre richement. Même jeu pour le Bernardin. Il habitait le faubourg Saint-Marceau et n'était grincheux et misanthrope que les jours où le gouvernement lui refusait les gratifications qu'il réclamait tous *les huit jours*. C'était un modèle du genre, « vivant des puissants ». Et Corbeil, l'été, lorsqu'il avait « touché » ! Mais cela, c'est un hors-d'œuvre. Tu me dis que tu veux que ton livre soit « d'un homme ». Comprends pas ! — C'est encore de ta philosophie spéciale. Les œuvres sont toujours d'un homme : qu'il soit bon, l'homme, ou mauvais, cela importe peu ! Beaumarchais était une canaille au fond, et sa morale douteuse. Il a fait le *Mariage de Figaro* ! Du reste, je ne comprends pas ton mot. Il faudrait des

développements inutiles, et exhiber des vérités vieilles
comme Dieu.

Tu connais si peu les gens — philosophiquement
— que tu crois à « un besoin littéraire » lorsque je
te secoue. D'abord il n'y a pas de littérature là dedans. Si tu buvais de l'absinthe, je t'écrirais comme je
t'écris : « Il y a neuf ans, mettons dix, que tu bois
de l'absinthe, tu vas en crever. Il est temps de faire
comme tous ceux qui ont du bon sens, et de boire ce
que tout le monde boit, et tu t'en trouveras bien. »
Pas littéraire cela! Note que la seule chose que tu aies
produite : ton unique roman, tu l'as produit dans « l'a-
gitation » dont tu as si peur. Mais rien ne produit
l'agitation comme l'inquiétude de la vie! Et cette inquié-
tudes tu te la donnes, bien plus qu'en produisant norma-
lement! C'est cela qui touche moralement, les inquié-
tudes d'argent! Et note bien qu'à toi la campagne n'est
pas la campagne des autres qui ne la prennent que
comme repos et comme tranquillité pour le travail.
Toi, « tu étudies l'homme! » et tu passes ton temps à te
retarder dans l'accomplissement de l'œuvre à faire en
« piquant des papillons agrestes » et en silhouettant
des brutes, dont on a son soûl.

Ah! X... est un bon modèle à suivre! Sa pièce faisait
trois cents francs à la troisième, et elle ne lui à pas
rapporté de quoi payer son copiste. Le deuxième jour
on donnait des loges de faveur. C'est une injustice
d'ailleurs, mais c'est le public des théâtres! puis X...
est un bourgeois argenté et il a une place!

Ton raisonnement : « mon travail doit être ainsi »,
« c'est cela qui me convient » est exactement le propos
de ce pauvre Chien-Caillou qui disait : « Vous ne
savez pas tout ce que je mets dans les feuilles de cet
arbre? Il y a un an de ma vie là dedans ». Puis j'ad-
mets tous les genres de travail, à la campagne, au bord
de la mer, à Paris, où l'on veut, pourvu qu'on ne
s'enlize pas, et Paris, pris de certaine façon, enlize
comme le reste. Travail minutieux, travail rapide,
tout cela dépend des tempéraments, des habitudes. Les
uns produisent un roman par an ou tous les deux ans;
les autres le font en deux mois et il est peut-être
aussi bon que celui qui est pioché avec lenteur. Mais
ton cas, je le répète, est *spécial*. Il n'est pas vrai que
l'on vit toujours avec un bon livre! Et puis est-il bon,
ton livre? Tu n'en sais rien, tant qu'il n'a pas paru, qu'il
n'a pas vu le feu des vitrines. C'est là surtout le fond
du raisonnement de Daudet sur la production nécessaire.

La Revue est encore de moitié sous la direction de
Mme Adam. L'autre moitié, c'est de Lyon, l'ancien di-
recteur du *Gaulois*, qui la rédige. Si ton roman est fait,
j'y ai des accointances, et je pourrai t'y présenter.
Mais il devrait être *fait,* que veux-tu! Généralement
il faut que les romans soient faits. Tu vois où cela
va te mener, ton système. Tu escompteras Lemerre,
puis quand tu auras mangé ton roman d'avance, tu
resteras dix ans pour en faire un autre. Enfin! tu es
juge dans ta propre vie, mais depuis dix ans, tantôt

pour une raison, tantôt pour une autre, tu as vécu la vie contraire à celle que tu aurais dû vivre. Et cela par ton manque absolu — pour tous ceux qui te connaissent — de réelle vision de toi et des autres. Parce que la vision artistique (la seule qui importe d'ailleurs, toutes les autres, au point de vue littéraire, étant discutables), la vision artistique doit te suffire, et que chaque fois que tu en sors, pratiquement tu erres, et philosophiquement aussi. Tu dis « que l'art n'est que la faculté de formuler un sentiment naturel ». Comprends pas ! Le goinfre qui me dit : « Je viens de bien bouffer », formule un sentiment naturel. Il ne fait pas d'art. L'art me semble le contraire de ce que tu dis. Je dis que tu es artiste, parce que par ton œil, par une façon, qui t'est personnelle, de présenter les sensations ou les sentiments, tu peux produire une œuvre qui fera passer ces sensations ou ces sentiments dans l'âme ou dans l'esprit ou dans l'œil de ceux qui ont un esprit, une âme ou un œil ! Le reste, je m'en fous, et le public s'en fout ! Je parle du public qui est « notre pair ». Voilà tout. Choses naturelles ou pas naturelles ou antinaturelles, dites-les-moi, tout est bien si c'est de l'art. Ah ! mon ami, vide donc ta cervelle de tout ce fatras.

Et un bon coup de courage ! Achève et publie. Nous discuterons après. Je ne sais qu'une chose, c'est qu'en octobre tu me disais : « Il n'y a plus que pour six semaines de travail ». Et que tu dis cela depuis trois ans que durent ces six semaines. Et que pendant ce temps-là tu « piques des papillons » qui redeviennent chenilles

au lieu de voler dans l'air ambiant de notre temps.
Tu leur refais des cocons!

Et nous voilà plus chenus à chaque renouveau! Et
il faut produire et toujours produire si nous ne voulons
pas passer mornes et inaperçus.

Finis! Finis quelque chose, et on placera ce «.quelque
chose»! Tu ne me dis rien d'Edmond. Que devient-il?
Encore un qui ne produit rien. Pas d'autres causes que
toi, mais enfin, N... d. D...! le résultat est le même!

Voyons, tu me disais tout ce que tu me dis il y a quatre
ans. Tu t'es laissé acculer sottement — héroïquement,
si tu veux, par la vie, à un point formidable! et tu veux
qu'un ami véritable, ce qui est rare dans la vie, se taise
et ne te dise pas son sentiment sur cette espèce de folie
qui consiste à ne pas faire ce que l'on doit faire
pour « piquer des papillons » qui se dessécheront dans
tes boîtes à insectes et qui sont inutiles pour l'instant!
Crois bien que tout ce que je te dis là n'est pas si amusant à dire, même à un ami de vingt ans, et puis j'ai
Paris pour assouvir mes goûts littéraires et mes besoins
d'écrire ce qui me frappe. Somme toute, depuis que le
monde existe, depuis que moi, j'ai âge d'observation,
une chose est absolue, je l'ai constatée : Aucun homme
ne peut faire plus qu'il ne peut. Votre organisation vous
marque au degré des intelligences 42, vous n'atteindrez
par 43 sur la tête de Turc de la production! On perfectionne sa technique : rien de plus. On peut devenir plus
savant, mais cette science ne vous fait donner que ce que
vous pouvez donner. Tu aurais publié tous les ans un

roman comme ton premier avec la même « étourderie »,
que tu serais arrivé au même point qu'où tu arriveras
par d'autres voies plus pénibles ; cela, c'est inéluctable !
Et personne ne me contredira. On ne donne pas toujours tout de suite ce que l'on doit donner, mais si on
doit le donner, on le donnera, même malgré soi ! Si
tu avais fait ce que tu devais faire : donner un frère à ton
premier livre dans l'année suivante, tu aurais dix volumes bons ou faibles ou meilleurs comme tout le monde !
et tu serais arrivé peut-être plus loin, au point de vue artistique, qu'où tu arriveras après la publication de ton
livre, et certainement dix fois plus loin au point de vue
matériel de la réputation, de l'argent, et par conséquent
du repos pour faire les fortes choses de la maturité. Tu as
pris, de gaîté de cœur, le sentier le plus long et le plus
rocailleux, et le plus embêtant, quand il n'y avait qu'à
suivre la bonne route où ton instinct et ton tempérament
t'avaient fait entrer. Tout simplement ! A la bonne fran-
quette ! Voilà mon sentiment, mon vieux, je te l'ai rabâ-
ché parce que je crois absolument tout ce que je dis, et
que « personne n'est juge en sa cause ». Cette maxime est
du temps du roi Salomon qui s'y connaissait. N'oublie
pas mes suprêmes recommandations. Finis ! Finis ! Finis
ta toile de Pénélope ! Si tu avais des ors, je te dirais : Ne
finis pas si c'est pour toi un besoin de ne la point finir.
— Viens l'apporter toi-même à Paris. Les gens ici se
fichent de vous quand on est loin et ils ont raison, puisqu'il y a cinquante individus ayant du talent dans leurs
jambes. Tu as ici la table et je te procurerai le logement

en attendant, pour tes pourparlers d'éditeurs. Maintenant, mon vieux, à bientôt, j'espère, et songe que, quoi que tu fasses, tu as ici une bande de vrais amis, moi, et les chères et vaillantes femmes qui sont miennes.

- Ton vieux

FÉLY.

XXXII

1892.

Tu sais que je n'aime pas à geindre, mais j'ai passé un mois et demi atroce, depuis que nous ne nous sommes vus. J'ai cru perdre la vue. En gravant, je me suis flanqué du bichlorate de potasse dans l'œil ; et, sans Camuset, je crois que je devenais aveugle comme Homère, car je ne voyais plus ni de l'un ni de l'autre œil, ce qui me paraît remplir les conditions d'une bonne cécité. J'en souris maintenant, mais j'ai passé de vilains quarts d'heure ; puis pas de travail possible ! Enfin cela est parti. J'ai pu revoir les beaux verts des bouleaux du grand rocher à Montigny. Je travaille beaucoup, et je crois faire quelque chose de mieux cette année. J'ai bon courage et mes yeux sont revenus. J'irai te voir un de ces soirs. Je t'enverrai une carte postale pour ne pas monter « impunément » chez toi. Car je suis très chargé de travail jusqu'au 30 mai. Je serai très heureux de lire ton livre après la lecture de l'autre soir. Dom m'a dit le lendemain : « C'est singulièrement vivant ce qu'il fait là et c'est très châtié. C'est d'une langue débarrassée de ces enfantillages et de ces inutilités auxquelles les plus forts se lais-

sent aller. » Il m'a parlé du roman deux ou trois fois
dans la journée. Je connais l'homme, c'est que cela l'a-
vait pincé. J'ai écrit à Edmond. Pas de réponse ! Il est
comme les phares et les clochers qui semblent encore
près de vous, tout en étant très éloignés en réalité. J'ai
une plume qui accroche au papier et le déchire. Pour-
ras-tu lire ?

A toi.

FÉLY.

XXXIII

Enfin, mon vieux, voici cette année bête de 92 qui s'enfonce dans l'oubli et dans la nuit. Je ne la regrette pas! Elle m'a fait passer tout près de cette chose horrible : la cécité. Enfin me revoici debout, l'œil clair et la main prête au labeur.

Il me semble que j'ai encore quelque chose à redire aux autres des étranges rêves que la bonne nature me raconte. Est-ce une illusion de l'âge mûr, fertile en mirages? Nous verrons bien.

Je me suis remis au travail pour transmettre mes racontars aux jeunes, et effaroucher à nouveau les oreilles de cette honnête bourgeoisie qui nous a donné Panama. Enfin il n'y a que Dieu de parfait — à ce qu'il dit!

Viens mardi.

XXXIV

30 sept. 1893.

Nous sommes au 30. Tu as jusqu'au mercredi 4 octobre matin. Viens 1, place Boïeldieu, à 1 h. 1/2, avec le dessin si tu ne l'as pas vendu et avec les 350 fr. si tu as trouvé ton Pugno. J'ai besoin d'argent le 4 à 3 heures. Si Nys n'a pas d'amateur sous la main, je le passerai à Rebout qui en a un. N'y manque pas, je te prie, et aie grand soin du dessin surtout. Finis ton roman vite; sans cela, mon vieux, sans exécution rapide il n'y a qu'à crever de faim à Paris. Ne compte que sur toi et encore défie-toi de toi-même. Tu es au fond très bohème comme goûts et comme faiblesse vis-à-vis de toi-même, sans avoir du bohème l'esprit de ressources et d'économie que possèdent tous ceux qui vivent au hasard et du hasard. Donc tu te coûtes cher, et cette absence d'esprit pratique fait que tu n'en sors jamais. Tu te coûtes plus cher que tu ne gagnes, d'où l'impossibilité d'arriver à l'équilibre. Tu t'emballes au premier carrefour que tu trouves, sans lire le poteau indicateur et sans savoir où tu vas, et tu aboutis à l'impasse. Tu ne fais que cela depuis vingt ans. C'est un stage de la vie artistique qui me paraît prolongé.

Ta caractéristique que tu ne connais pas est et a toujours été : l'emballement dans le faux et cela en y appor-
tant, ce qui est très rare, *un entêtement idéal !* Ce
n'est que lorsque tu t'es crevé les naseaux contre le
mur du fond de l'impasse que tu sens ton erreur ;
alors tu tombes dans l'exagération contraire et, au
lieu de t'en prendre tout simplement à toi-même, tu
maudis les amis, les femmes, le temps, etc., toutes
choses qui ont toujours été comme elles sont, — au lieu
d'en accuser ton œil qui te fait voir et juger faux, et
te tromper de chemin, sans regarder le poteau. Ce
que je te dis là, je le pense, et avec conviction. Il est
donc temps, maintenant que la vieillesse chenue te
touche du doigt, de voir, si tu veux finir dans un asile
artistique quelconque, ou chez toi, les pieds sur d'honnêtes chenets, et même malhonnêtes si tu veux ! Tout
vaut mieux que la vie que tu mènes depuis ton départ
pour les Ardennes, où tu t'en allais finir en *trois mois*
le fameux roman (l'œuvre !) qui est toujours sur le
chantier, ce fameux chantier que tout artiste devrait
commencer par brûler à fond, sans qu'il en reste une
tuile, car ce n'est qu'un magasin à rêveries et à trompe-
ries, où l'on empile les fausses espérances et les inhabi-
letés. Chaque fois que tu reprends, et je ne parle pas
seulement pour toi, *mais pour tous,* et j'en reste à
l'axiome, chaque fois que l'on reprend le projet tiré du
fameux chantier, on recommence tout. Donc chantier
inutile ! Daudet était un piqueur de notes à mettre sur
chantier et toute son œuvre en pâtit. Zola qui exécute à

l'instant sur ses notes prises dans le moment, dans le
frais, dans l'impression immédiate, y gagne une force
qui manque au Petit Chose. Quant à X..., ses couilles
ne sont que des tétons qu'il porte bas. C'est une femme,
et même une petite fille. Je ne peux m'empêcher,
mon vieux, à cause de l'intérêt que je te porte, de
le dire : Fais vite, fais vite, fais vite. C'est là ton
salut en cette vie et en l'autre, comme dit l'Église.

A mercredi donc, à 1 heure et demie. Et surtout ne
compte que sur toi, c'est la seule façon de sortir de tous
ces chemins effondrés où tu t'enfiles incessamment. Ma
lettre actuelle ressemble à toutes celles que j'ai écrites
depuis dix ans. C'est que tu es toujours dans la même
position et que mes lettres n'ont pas malheureusement à
dire autre chose : Défie-toi de toi-même! Pour qu'un
homme reste stationnaire pendant dix ans, et dans
quelles stations ! il faut qu'il ait en son organisation un
défaut qu'il ferait bien d'étudier de près. Tu attribues
cela à la pauvreté. Non, la pauvreté en est la consé-
quence. C'est bien différent ! Donc, mon vieux, vite, vite !
Songe à ce que tu te coûtes par journée littéraire. Il
n'y a que cela : un compte de 2 et 2 = 4.

A toi, mon vieux, et bon courage, mais vite, sois vif, on
se sauve de tout avec cela, mais, que veux-tu? tu es le
monsieur qui pipaille, sachant que cela lui fait mal, sans
avoir le bout d'énergie qu'il faut pour casser sa pipe !
Casse-la moralement et physiquement et aie pour deux
sous d'énergie. Fous tous les faiblotismes par la fenêtre.
Il n'y a plus de place pour les faiblots en cette fin de

siècle! Ils ne sont que ridicules et n'inspirent plus rien
du tout que le rire, ce que l'on ne doit jamais inspirer.

Autre chose. Dis-moi, à ton idée, ce que je dois demander par ligne à Béraldi. Écris-moi un mot avant
lundi. Tu recevras cette lettre au plus tard dimanche.
Écris dimanche ou lundi au plus tard, rien que deux
mots, cela ne te coûtera pas beaucoup, quelle que soit
ton horreur d'écrire.

A bientôt, mon vieux.

Amitiés de la maisonnée,

FÉLY.

XXXV

Demi-lune par Moulin-Galant. Novembre 1893.

Porte vite ceci chez Pincebourde qui fera un bout de reproduction du croquis ci-joint pour « orner » la plaquette d'Eugène Demolder, *Étude patronymique*. Je ne sais pas trop comment cela pourra orner quelque chose, mais Demolder m'a prié de lui envoyer cela sans m'appeler « cher maître » ; alors je n'ai rien à lui refuser. Oh ! la chère maîtrise, quelle odieuseté !

La voilà, mon vieux copain, l'autruche symbolique avalant des pierres, « *virtus durissima coquit :* la vertu digère les choses les plus dures ! » Je l'avais glissée sur le dur Charles Baudelaire, au beau milieu de mon frontispice des *Épaves* au temps heureux où, tous les soirs, nous déambulions de la Montagne de la Lune à la Montagne aux Herbes potagères : Baudelaire, Albert Glatigny, Malassis, Asselineau, Arthur Stevens et moi devisant à perdre le souffle, *de omni re scibili et quibusdam aliis*. Quels bons et heureux souvenirs, et quelle belle conférence nous fit un matin, vers les trois heures de nuit, Baudelaire pour nous prouver à tous que, malgré les apparences, Choderlos de Laclos restait

supérieur à M. Jules Clouet qui, cependant, étant donné
la température de son talent, serait, s'il ne mourait pas
jeune, comme cela est arrivé à certains êtres privilégiés
dont le génie absorbe la santé, évidemment de l'Académie française, et avant Jouvin! Oh! les bonnes nui-
tées. Et la mort a fait évanouir toutes ces cérébralités
et tous ces cérébraux. Et les blondes Flamandes qui
suivaient Baudelaire pour entendre sa parole comme
les saintes femmes suivaient Jésus, où sont-elles les
blondes? où est celle qui fut la belle Heaulmière? où
sont les belles d'antan? Allons, enterrons ces souvenirs.
Et porte vite cette feuille à Pincebourde qui, lui, n'est
pas mort et vit impudemment (1).

    A toi.

            FÉLY.

---

(1) Il s'est suicidé en 1898.

XXXVI

Fragments :

. . . .

L'amour des femmes comme la boîte de Pandore ren-
ferme toutes les douleurs de la vie, mais elles sont en-
veloppées de feuilles d'or, elles ont de si brillantes couleurs et de tels parfums qu'il ne faut jamais se repentir
de l'avoir ouverte.

Ces parfums éloignent la vieillesse et gardent en leurs
relents les fiertés natives.

Tout bonheur se paie, et j'en meurs un peu de ces
doux et subtils poisons envolés du fatal coffret et cependant ma main, que l'âge rendra bientôt tremblante,
trouverait encore la force d'en briser les serrures défen-
dues.

Puis, qu'importent et la vie et la gloire et l'œuvre ! Je
donnerais tout cela pour ces heures bénies où, par les
nuits d'été, ma tête a dormi sur deux beaux seins mo-
delés sur la coupe du roi de Thulé et, comme elle, maintenant emportés par les flots.

1893.

J'ai fait un croquis avec cette devise de saint Jérôme :

Tota mulier in utero.

Ce croquis est encore plus vieux jeu que ma devise. Bouguereau finira par me coucher sur son testament. Je me sens tourner au prix de Rome. Je deviens diabétique. Il faudra que je fasse examiner cela.

XXXVII

Décembre 1893.

J'étais l'autre soir à l'*Œuvre*. On jouait une pièce inspirée du bon Mœterlinck, qui fait école, à ce qu'il paraît. Tout cela, m'est avis, est profondément crevant. Décidément j'aime mieux

> Marie trempe ton pain
> Dans le vin.

On a sifflé, on a applaudi : il y en a eu pour tous les goûts. C'est l'alliance russe qui nous vaut toutes ces ibséneries et ces dostoiewskades. La pièce serait d'ensemble et d'harmonie au fond des théâtres enfumés de Bergen ou de Christiania. J'en ai vu jouer de pareilles vis-à-vis d'un parterre de femmes à cheveux saumâtres, à fronts hydrocéphales, à yeux d'au delà, où il y a du phoque et de l'ange. Passe encore là-bas! mais venir nous peindre des sensations que pas un des spectateurs ne comprend tandis qu'ils ne songent, ces spectateurs, en fait de *frissons macabres,* qu'à se demander quand elle sera finie, la pièce que l'on joue là, pour aller en pincer une au Moulin-Rouge et vis-à-vis de deux cents petites femmes à nez retroussés et à nénés idem, qui depuis qu'elles ont ouvert leurs mirettes à Batignolles n'ont fait que chanter :

> A la Monaco l'on chasse et l'on déchasse
> Comme il faut.

C'est le comble de la folie !

Et cette absence de bon sens fait bondir et spermoser tous les globules latins d'une partie de mon noble sang. Que l'on crée et procrée, en hiver, quand souffle une jolie bise de Nord-Ouest, des enfants albinos le long des canaux de Gand ou de Harlem, cela se comprend; mais ici, dans la chaude et lumineuse grouillerie du boulévard, vis-à-vis des bruyantes gouges qui feraient de l'œil à saint Jean-Baptiste et de la langue à sa Salomé, c'est cela qui n'est pas vécu!

A toi, ma vieille, et à bientôt.

FÉLY.

XXXVIII

1894.

Mon vieux,

J'ai promis à Demolder pour son étude patronymique
de lui reproduire quelques-unes des devises gravées qui
ont orné des ouvrages faits jadis pour le plaisir des
yeux et des âmes attristées par le grand Schopenhauer
et le très impalpable Bourget, toujours si bien culotté
que le contraire n'a jamais pu avoir lieu! Oh! ces tail-
leurs anglais, quels gardiens de l'humaine pudeur!
C'est Barbey qui avait confié ce secret à Bourget que les
dames sémites appellent « l'inébranlable auteur » depuis
sa puberté!

Je t'enverrai donc deux devises :

1° Le *dulcedo occulta,* une betterave vue sans cale-
çon, avec la devise : « Une douceur est cachée » ;

2° Le *J'appelle un chat un chat.* Si l'on trouve
quelque légèreté là-dessous, que Boileau l'endosse!

FÉLY.

XXXIX

Paris, le 19 avril 1894.

Je te remercie, mon cher ami, de l'envoi des lettres à Élisa (1). L'étude sur Charles, de Potvin, donne des détails biographiques et bibliographiques très intéressants, mais le brave Potvin parle trop peu des souffrances morales imposées à Charles, de ses luttes, de la jalousie étroite et bête des gens de petite ville, car notre sacré pays est dur aux littérateurs, et les gens préfèrent y acheter une bouteille de la bonne année qu'un bon livre. C'est là-dessus qu'il fallait insister. Cela eût été utile. J'ai d'ailleurs des lettres de Charles qui peignent toutes les souffrances et les humiliations qui l'ont usé et l'avaient presque réduit à l'impuissance de créer, et je t'assure qu'un de ces jours je m'en servirai, et durement. Je n'ai pu m'en servir encore utilement dans le sens noble que je prête à ce mot, mais je n'ai pas la dent en ouate, et je saurai venger Charles d'une autre façon que l'a fait ce vieux ténor de Potvin, qui n'a, toute sa vie, été qu'un ménager de chèvre et de

(1) Lettres de Charles de Coster, l'auteur de la *Légende de Tyl Ulenspiegel*, des *Contes brabançons*, des *Légendes flamandes*.

chou, et un timide fourré dans une casaque de militaire de 1830. Somme toute, il valait mieux que ce livre fût puisqu'il éclaire la vie littéraire de Charles. Au point de vue de sa gloire, le livre n'ajoute rien. Les lettres sont celles qu'écrit à la première grisette bourgeoise qui passe dans sa vie au mois de mai tout bon jeune homme doué comme littérateur et qui éprouve le besoin « d'épancher son âme » en sortant de la *Vocale d'Ixelles* (1) (un bien bon nom de société par parenthèse). Elles sont vides, ces lettres, et l'âme tendre de ce vieux cocu pontifiant de Potvin devait s'y mirer. Charles qui n'était pas un tendre absolument, mais un *tendreux*, ce qui est différent, appartenait à une école et à un temps où la muse se personnifiait en des jeunes filles qui jouaient *la Cloche du Monastère*, et, de leurs fenêtres, jetaient, à l'insu de leur maman, de longs regards au poète aimé. Généralement elles épousaient des marchands de bière du bas de la ville, et le roman s'arrêtait là. Les phrases sur l'Égérie, adressées à Élisa, sont bien de ce garçon sentimental comme un œuf de pigeon et de son époque rêvasseuse et coucheuse de soleil, où les poètes voulaient absolument avoir des Égéries pour les pousser à faire des œuvres. Ils mettaient, ces braves enfants, des auréoles d'or et de diamants sur les têtes de bonnes petites demoiselles que cela gênait pour se coiffer les jours de zoologie (2) et

(1) Société musicale de Belgique.
(2) Les jours où l'on faisait de la musique dans l'ancien jardin zoologique de Bruxelles.

qui n'eussent pas été capables d'inspirer un vers de mirliton.

Nous avons tous passé par là ! Ce que nous avons embêté de petites oies en leur demandant de nous faire faire de grandes choses est incalculable. Nous eussions mieux fait de les prendre par les tétêts au lieu de les prendre par les sentiments : c'eût été plus rond. Dumas fils a trouvé la formule vraie de ces maladies morales qui ont accablé et affaibli notre génération :

« Les femmes inspirent de grandes choses et elles empêchent de les exécuter. »

La première qualité d'une femme, c'est la bonté. La bonté peut avoir de jolies fesses. Dieu l'a même créée comme cela.

Ces aphorismes sains devraient figurer en belles lettres d'or chez tous les artistes de bon sens et leurs œuvres s'en porteraient mieux. Flaubert a écrit et décrit lui-même cette *éducation sentimentale*. Il a fait un beau livre. Il a laissé aussi des lettres à une grue de taille qui s'en parait bêtement. Il n'avait qu'une excuse, c'est que la belle dame avait la cuisse jolie et légère et qu'elle cocufiait jusqu'aux fontes tous ceux qui lui adressaient de belle littérature, ainsi que cela devait arriver.

Voilà mon sentiment, mon vieux, en ces matières et sur le livre.

Ton vieux

FÉLY.

XL

Demi-lune, novembre 1894.

Mon cher gros, j'ai reçu les volumes, mais l'Ensor
manque. Envoie, je te prie. Décidément l'automne ne
me va pas. Je broie du brun! Il me fait trop penser aux
amis absents dont la perte me semble plus sensible aux
feuilles jaunes. C'est qu'en novembre, c'était « la rentrée ». Je revenais d'Anseremme ou de Blankenberghe.
On s'était attardé autour des grands feux de boulets, faisant les dernières études de chrysanthèmes sur les
panneaux des cabarets artistiques ou peignant les peupliers dorés s'enlevant en vigueur sur les fonds d'outre-
mer de notre bonne Meuse, et cela en compagnie de
bons peintres à l'huile, de Lin et de Riancho, élève du
ténébreux et fumeux Lamorinière, auquel la ville de
Saint-Sébastien en ses largesses octroyait soixante-sept
pesetas par mois. Mort aussi probablement Riancho,
comme Fontaine, comme Lambrecht, comme les autres,
comme tous!

« La rentrée! » Avec quelle joie, quel éclat de gaîté
et d'esprit on se retrouvait sous les lumières dans les
jolis salons de Mmes Léontine et Aurélie. Puis arri-

vaient se ranger autour de la table, pleine de fleurs de Nice : Filleau qui commençait toujours par raconter les dernières âneries des officiels savants, Camuset et ses *sonnets du docteur*, Clapisson, le premier décoré de nous tous, mais lui, pour faits de guerre! tapotant déjà du Wagner pour se faire pardonner la musique de Clapisson père; Carlier et Louis Dubois envoyés par la Belgique pour soutenir la réputation de bonne beuverie du pays qui les vit naître; Louis Artan descendu des hauteurs artistiques du Faubourg et qui était déjà le grand peintre qu'il a toujours été; Schaunard, l'illustre Schaunard de Murger, le Schaunard de la vie de Bohême, notre Bible! un ancêtre pour nous, mais qui devenait un trait d'union entre nous et ceux de la génération romantique. Puis c'était, précédé de la fanfare de son rire et de son inaltérable joie, Armand Gouzien rapportant dans son veston les odeurs de genêts des landes du Morbihan et dans ses poches les chansons faites là-bas, pendant les vacances. On lui faisait chanter : « Ah! buvons sous la treille! — La Quenouille au fil roux; — la Légende de saint Nicolas; — la chanson de Jean Renaud,— Suzon, — Je m'en vais à Pekin en palanquin! — Ma Guadeloupe »; tout ce qu'il écrivait pour la belle mulâtresse Kadoudja dont il était épris et qui, chaque soir, le faisait applaudir à l'Eldorado. Puis c'était le typographe Malassis,

> Que tout bas invoque sans trêve
> Le poète inédit qui rêve
> Triste sur une male assis,

souriant comme Voltaire, impavide, préparant ses dernières belles éditions, avec le mot faisant balle, un des derniers spirituels qui aient eu de l'esprit ; le sculpteur Godewski et sa femme, cette délicieuse, exquise et savante Mathilde Godewska dont le souvenir chante éternellement dans le cœur et dans la tête de ceux qui l'ont connue : et ils sont tous partis pour le pays des rêves ! Mathilde Godewska, Schaunard, Malassis, Dubois, Filleau, Camuset, Gouzien, Clapisson. Tous ont été ! Il ne reste de cette tablée bruyante et vivante que le doux Liesse. Voilà pourquoi je l'aime et pourquoi il y aura toujours pour lui place à mon foyer. Car les amis de la deuxième époque, Rodrigue, Detouche, Haraucourt, Uzanne, Gérardin, ne sont venus qu'après pour essayer de boucher les trous faits par la mort à travers les commensaux. Et je n'ai pas *encore* trop à me plaindre, et je suis heureux de l'affection de quelques jeunes que j'aime comme toi et qui m'aident à supporter les pesanteurs et les tristesses de la maturité inévitables !

Il va falloir « se retaper » moralement et physiquement aussi, car le cœur est en assez vilain état. Il bat à contretemps, il dort mal et fiévreusement. Je ne suis pas malade, mais atteint, ce qui est bien différent ! Ah ! ce cœur a bien le droit d'être troublé. Depuis cinquante ans il tressaille à toutes les émotions comme une harpe éolienne. La moindre parole d'amour le remet en état de souffrance comme le cœur des martyrs dans la primitive Église qui redevenaient sanglants sous les baisers des vierges. Le ressouvenir ou l'effleurement des lèvres des fidèles lui ramènent à ce pauvre cœur les beaux battements et les doux étouffements des anciennes extases.

Donc, mon vieil et déjà très vieil ami, dans quelques jours j'espère pouvoir, comme je te le disais dernièrement, décider Bailly. C'est l'éditeur de Régnier, « l'un des plus nobles poètes de ce temps », de Viélé-Griffin, de Pierre Louÿs, aimé des hétaïres de Milet. Il m'a l'air bien disposé. Dès que cela sera décidé, ce frontispice sera fait. Les éditeurs prêts à faire les frais complets d'un volume compact sont rares par ce temps de cracks librairistiques qui sévit.

Enfin nous allons voir et nous ferons notre possible.

FÉLY.

XLI

Demi-lune, *octobre* 1895.

Mon vieux,

« Les doux soleils d'octobre reviennent sur les coteaux
de Florian qu'ils brûlaient naguère de tous les feux de la
canicule. » Voilà comment doit s'exprimer en ces temps
troublés un enfant des Muses. Donc viens : nous goûte-
rons à l'austérité si douce des choses de l'automne,
comme disait en l'*Ulenspiegel* l'étrange et oublié poète
Jacques Desrosiers.

J'ai perdu mon vieux Verwée. Cela m'a fait grand'-
peine. Il est passé par Paris pour aller au Mont-d'Or
et un instant je l'ai cru guéri. C'était le dernier de la
pléiade Dubois-Rops-Artan, le plus solide et le moins
souple, mais celui qui gardait le mieux les primordiales
qualités de la race. Artan, Dubois, Verwée : ils vont vite,
ceux de Burger.

A toi et à bientôt,

FÉLIX.

FIN

TABLES

17

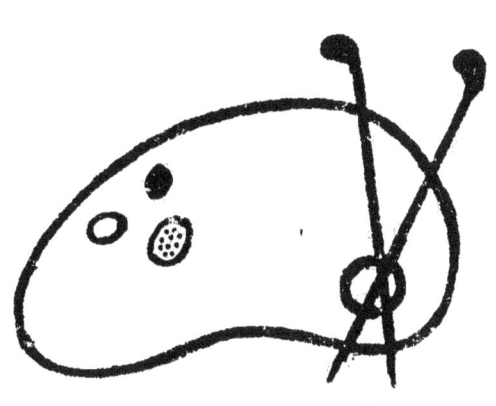

www.ingramcontent.com/pod-product-compliance
Lightning Source LLC
Chambersburg PA
CBHW070454030726

47503CB00004B/1040